PRIX : 60 centimes.

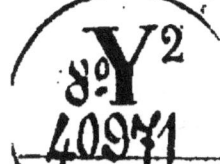

Éric BESNARD

LE LENDEMAIN

DU MARIAGE

PARIS

ERNEST FLAMMARION, ÉDITEUR

26, rue Racine, 26.

AVIS DE L'ÉDITEUR

Le but de la collection des *Auteurs célèbres*, à **60** *centimes le* volume, est de mettre entre toutes les mains de bonnes éditions des meilleurs écrivains modernes et contemporains.

Sous un format commode et pouvant en même temps tenir une belle place dans toute bibliothèque, il paraît chaque quinzaine un volume.

CHAQUE OUVRAGE EST COMPLET EN UN VOLUME

POUR LES Nᵒˢ 1 A 350, DEMANDER LE CATALOGUE SPÉCIAL

En jolie reliure spéciale à la collection, 1 fr. le volume.

ENVOI FRANCO CONTRE MANDAT OU TIMBRES-POSTE

Imprimerie LAHURE, rue de Fleurus, 9, à Paris.

LE
LENDEMAIN DU MARIAGE

ÉMILE COLIN — IMPRIMERIE DE LAGNY

ÉRIC BESNARD

LE LENDEMAIN

DU MARIAGE

PARIS

ERNEST FLAMMARION, ÉDITEUR

26, RUE RACINE, PRÈS L'ODÉON

AVANT-PROPOS

En amusant, il châtie les mœurs : telle est la devise du théâtre.

En intéressant, il élève la pensée : telle, à notre avis, devrait être la devise du roman ; tel, par conséquent, a été le but que nous nous sommes proposé en écrivant ces pages.

Lorsque je dis : nous, c'est avec intention ; je tiens à rendre ici hommage à la femme d'esprit et de cœur à qui est due l'idée première du *Lendemain du Mariage.*

Après avoir été corrigé en épreuve, le volume nous a été renvoyé avec certaines observations que nous apprécions, mais auxquelles nous ne nous sentons pas le courage de faire droit.

On nous a demandé de supprimer un passage où sont racontées les péripéties d'une nuit de noces; on nous a dit :

« D'abord, soyez assuré que beaucoup affirmeront que c'est un plagiat : dans *Une Vie*, M. de Maupassant a une situation identiquement semblable. Ensuite, vous poussez les choses trop loin; votre description est d'un réalisme qui approche de l'obscène; sérieusement, c'est trop fort. »

Nous n'avons que ceci à répondre : notre scène était déjà faite à l'époque à laquelle a paru l'œuvre remarquable de M. de Maupassant, et il serait enfantin de faire disparaître un passage indispensable à la marche des événements, et de courir le risque de dénaturer l'ouvrage, afin d'éviter que quelques esprits chagrins viennent crier : « Au plagiaire ! »

Du reste, toutes les nuits de noces se ressemblent à peu près : depuis Adam et Ève, pour changer, cela a toujours été la même chose, et l'on a eu beau chercher, on n'a rien

découvert de mieux. Il ne faut donc pas s'étonner si les récits qu'on en fait sont parfois pa-
reils.

Maintenant, passons au second grief.

On prétend que c'est trop fort. — Nous
voyons déjà les chastes grimaces des femmes ;
nous entendons les rigoristes dire que nous
avons cherché à captiver les lecteurs en entrant dans les détails écœurants de faits épou-
vantables ; nous devinons les solennelles observations des hommes qui ne comprennent
pas que nos efforts ont tendu, au contraire, à
rehausser la plus belle institution sociale, le
mariage, que le plus grand nombre, dans les
diverses classes de la société, transforme aujourd'hui en tombeau de l'amour, quand il
devrait en être le berceau.

Franchement, cela fait pitié de constater
qu'en ce siècle on craigne tant les mots et si
peu les choses !

Rempli de dégoût, peut-être jetterez-vous
au loin le livre, et cependant que dit-il, ce
livre ? Il raconte ce qui s'accomplit tous les
jours dans les familles des grands, des bour-

geois, même des travailleurs, à savoir : un mariage de convenances.

Oui, vous proférerez l'anathème contre ces lignes où est peinte la réalité saisissante : mais vous, pères, vous n'hésiterez pas à marier de la sorte vos enfants ; vous, jeunes gens, vous continuerez à épouser pour traiter une affaire, et vous, jeunes filles, vous consentirez, malgré cela, à vous vendre *légitimement !* Que se passera-t-il alors dans vos nuits de noces ? Des scènes, sans doute, bien autrement vives que celle que nous avons osé tracer.

Puisse celle-là, qui a été trouvée trop forte, inspirer aux uns comme aux autres le mépris de ces unions d'où l'amour est banni, et qui ne sont que des marchandages où se discute uniquement la question des bénéfices pécuniaires à réaliser !

L'amour est un maître qu'on ne doit pas chasser. Il est le principe de la création. L'homme et le monde sont une conséquence de l'amour de la divinité. L'amour est le pivot de toutes choses. Il est en tout, partout. Faites de la science, vous rencontrerez l'amour sous un aspect quelconque, et peut-être sous plusieurs à la fois. Creusez une idée, n'importe laquelle, vous touchez l'amour. La nature, l'esprit, le cœur, tout dit amour ! L'amour est la cause de l'homme, il est sa vie, il est sa fin ! Ne le rejetez donc pas du mariage, car alors celui-ci devient un supplice plus horrible que tous ceux de l'Enfer de Dante. Voilà, dans sa simplicité, ce que nous avons tâché de démontrer.

Ce serait un tort d'oublier qu'il y a plusieurs hommes dans le romancier : l'observateur qui recueille les faits et les compare ; l'artiste qui les combine, les approprie à un sujet imaginaire et les colore ; enfin le philosophe qui les interroge, les juge, pèse les causes, leurs effets, et en tire des enseignements qu'il développe. Nous savons que c'est une entreprise difficile de faire de la philosophie à l'usage des gens du monde, et que, comme nous l'écrivait dernièrement l'auteur de *Païenne*, les œuvres réfléchies ne sont pas en général faites pour être goûtées du grand public. Paroles d'autant plus vraies, qu'il n'est

pires sourds que ceux qui ne veulent pas entendre et que, en matière de philosophie et
surtout de métaphysique, l'écrivain se heurte,
d'un côté, à l'entêtement passionné des indi-
vidus aux idées préconçues, c'est-à-dire im-
muables même devant l'évidence, et, d'un
autre côté, à l'entêtement raisonné des hommes
sérieux qui réclament de la logique, et qui
finissent quelquefois par l'oublier eux-mêmes!

Au temps où nous vivons, la tâche est labo-
rieuse et souvent ingrate; ce n'est pas une
raison pour ne pas tenter de l'entreprendre.

Lorsque la mer est calme et que cependant
un vaisseau est en péril de naufrage, le devoir
de chaque matelot est de rechercher quelle
cause va faire sombrer le bâtiment, afin d'y
apporter le remède, s'il en est temps encore.

Notre société est dans la situation de ce na-
vire. Nous avons cherché à quoi il fallait attri-
buer cet état de décadence qui s'accentue
chaque jour, et il nous a semblé qu'une des
causes principales de cette chute était l'a-
théisme; non pas cet athéisme conscient, voulu,
niant Dieu pour le plaisir de nier, qui plutôt

est une dépravation du sens moral, une grossière forfanterie qu'une véritable conviction,
et qui n'est redoutable que parce qu'il est
conduit par un autre athéisme, sorte de pan-
théisme qui absorbe Dieu dans la nature, les
conçoit comme consubstantiels l'un à l'autre,
veut mettre l'infini dans le fini et n'admet,
suivant les expressions de Spinoza, que la *nature naturante* et la *nature naturée*. Ces pan-
théistes-là sont athées sans le savoir, ce qui est
la plus dangereuse manière de l'être; car, lorsqu'ils appliquent leurs savantes folies à la vie
politique et sociale, ils engendrent ces utopies
humanitaires qui aboutissent à la négation de
la liberté individuelle et tendent toujours à
absorber l'individu dans un être impersonnel,
l'Etat. C'est ainsi que le bruit de leurs sédui-
santes doctrines, le miroitement de leurs rêves
irréalisés et irréalisables vont réveiller le
monstre révolutionnaire dans son antre; puisque ceux-là que nous appelions tout à l'heure
les athées conscients et voulus ne le sont que
parce qu'ils reprochent à ce Dieu, en qui
d'autres croient, d'avoir fait cette loi injuste

qui dit aux uns : Jouissez; aux autres : Enviez!

L'athéisme s'agite et ce panthéisme-là le mène !

Eh bien! nous l'avouons sans détours, nous croyons en un Créateur, non pas comme à un être abstrait, indéterminé, mais comme à un être vivant, concret, personnel, actif, intelligent et libre.

Il ne faut pas confondre déiste et clérical : qui croit à un être supérieur, cause première, ne croit pas à ces hommes qui, de leur propre droit, se sont intitulés les représentants de Dieu sur terre. On doit savoir séparer la croyance en Dieu de la foi aveugle exigée par les prêtres et dégager ce que nous nommerons la vraie religion, des naïvetés et des enfantillages des différents cultes imaginés par le clergé de chaque peuple.

Comme nous avons tâché de le faire voir dans le *Lendemain du Mariage,* nous pensons qu'au moment des rudes épreuves de la vie, le panthéiste du dix-neuvième siècle ne rencontre autour de lui que le néant et, s'abandonnant à la douleur, a hâte de rentrer dans cette nature naturante d'où il ne voudrait jamais être sorti ; tandis que le déiste, tournant son âme vers Dieu, puise auprès de lui les consolations qui lui permettent de trouver la force nécessaire pour supporter l'existence.

Notre ambition serait donc qu'on dit, après avoir lu ce livre, ce que l'immortel Musset écrivait à Lamartine :

Tu respectes le mal fait par la Providence,
Tu le laisses passer, et tu crois à ton Dieu !
Quel qu'il soit, c'est le mien ; il n'est pas deux croyances
Je ne sais pas son nom, j'ai regardé les cieux ;
Je sais qu'ils sont à lui, je sais qu'ils sont immenses,
Et que l'immensité ne peut pas être à deux !

ERIC BESNARD.

LE
LENDEMAIN DU MARIAGE

CHAPITRE PREMIER

Les montagnes de Valnix sont belles et hautes; le touriste aime à les gravir seul, marchant sans but et suivant le sentier que le hasard lui indique. Dans cette solitude, loin du bruit et des hommes, l'esprit, comme une nacelle qui, abandonnée sur une mer calme, se balance de la vague à la vague, flotte mollement d'un sujet à un autre ; il prête une pensée, une âme à chaque chose. Une fleur sauvage, un brin d'herbe ont pour le voyageur un langage ; une plante foulée, un chemin presque effacé lui racontent un poème.

Si quelque paysan venait à surprendre ces méditatifs dans leurs moments de rêverie,

restant des heures à considérer une fleurette,
il croirait certainement que ce sont des bota-
nistes ou des fous ; les gens du monde diraient :
« Ce sont des poètes » ; en réalité, ce sont des
amoureux : amoureux d'idéal. Que ce soit
folie ou non, ces instants d'illusion leur sont
doux ; ils oublient la vie pour laisser leur
cœur s'épancher tout entier dans la beauté
toujours nouvelle de la nature.

C'est ainsi qu'un samedi matin, suivant son
habitude, le vieux bibliothécaire Georges de
Farzac avait erré dès l'aube. Devant lui, la
verdure, les collines, les arbres, les ravins se
succédaient ; ici, une source, jaillissant entre
les pierres luisantes d'humidité, s'échappait
bruyamment des flancs de la montagne et
allait se répandre en mille filets d'eau à travers les mousses et les fougères ; plus loin, de
hauts sapins aux ramures toujours vertes émergeaient d'un sol abrupt ; la montée devenait
difficile ; peu importait à M. de Farzac : il mon-
tait sans interrompre le cours de ses pensées.

Tout à coup, un obstacle contre lequel il se
heurta le fit reculer d'un pas. Il baissa les

yeux et aperçut le bord d'un précipice garni de roches aiguës et tranchantes; un petit arbuste, en arrêtant son pied, l'avait prévenu à temps que son imagination trop rêveuse le conduisait à la mort.

Il demeura quelques minutes à considérer l'endroit où il se trouvait; c'était une plate-forme dominant toute la vallée. Le soleil s'était levé; ses rayons, dardant sur la campagne, faisaient briller les toits aux tuiles rouges, et les vitres des fenêtres semblaient lancer des étincelles, tandis que, dans le lointain, les sommets neigeux se détachaient éclatants sur le ciel bleu.

— C'eût été fâcheux de mourir avant d'avoir joui d'un si beau spectacle, pensa M. de Farzac. Et il tourna un regard reconnaissant vers l'arbrisseau : le vent l'avait à moitié brisé et le tronc en était desséché.

En se penchant pour l'examiner, M. de Farzac vit ce mot : « Pardon, » gravé en gros caractères sur l'écorce. Ces quelques lettres firent de nouveau rêver le vieux bibliothécaire, et soudain ses yeux se remplirent de larmes.

Pourquoi son cœur s'attendrissait-il devant

2

une chose si simple, devant ce mot que la
main d'un enfant avait peut-être tracé là?
Parce qu'il pressentait dans ces deux syllabes
une énigme. Il voyait sur cet arbre un souvenir jeté au hasard gardant le secret d'un
passé inconnu. Quelles délices ou quelles
amertumes ces lettres cachaient-elles?

C'était la question que se posait M. de Farzac
en continuant sa route jusqu'à ce que la fatigue le forçât à s'arrêter; alors il s'assit à
l'ombre d'un hêtre, écoutant le bourdonne-
ment des insectes dans les genêts.

A quelques pas de cet endroit était une
construction délabrée assez semblable, pour
l'extérieur, à un de ces réduits où les bûche-
rons jettent le bois coupé. M. de Farzac se
releva et s'achemina vers cette masure. Quelle
ne fut pas sa surprise, lorsqu'il fut entré, de
se trouver dans une chapelle! Sur un autel
en bois vermoulu, on voyait une grossière
statue de la Vierge, statue jadis enluminée,
maintenant jaunie sur tous les côtés saillants.

Quelque laide qu'elle soit, une image pieuse
placée dans un lieu désert impressionne tou-

jours plus que les chefs-d'œuvre de l'art, que l'on admire dans les cathédrales; M. de Farzac s'était donc agenouillé avec recueillement, quand ses yeux s'arrêtèrent sur un objet suspendu à la main droite de la statue; c'était un flacon en émail bleu avec une chaîne d'or. D'abord il hésita à croire que ce fût un bijou de quelque valeur, mais, s'étant avancé, il vit ces initiales : « M. H. » incrustées en perles fines dans l'émail.

Pourquoi un si joli bibelot était-il dans la main de cette madone? Voilà ce que le bibliothécaire aurait voulu savoir : il chercha à établir un rapprochement entre le mot « Pardon » et ces deux lettres : ce fut en vain; mais en sortant de la chapelle il passa près d'un vieillard qui, un trousseau de clés à la main, venait fermer la porte.

Poussé par la curiosité, il l'aborda; après lui avoir tant soit peu parlé des récoltes de l'année, — ainsi agit-on généralement avec les paysans, afin de leur faire perdre leur méfiance instinctive, — il entama le sujet qui l'intéressait; le vieillard, qui descendait déjeuner au village, lui proposa de faire route avec lui ; il accepta avec empressement.

— Comment! vous ne connaissez pas cette histoire? s'écria le paysan en réponse à la question que lui posait son compagnon.

— Moi! du tout.

— Ah! elle est bien triste.

— Racontez-la-moi!

— Vous le voulez? Soit. Vous avez entendu parler de mademoiselle Myrtille?

— Non! Qui est-ce, mademoiselle Myrtille?

— C'était la fille de M. Hérimières.

— Eh bien!

— Voyez-vous, cette histoire-là, je n'aime pas à la conter ; demandez cela à notre maître.

— Et où habite votre maître, mon brave?

— Là, tout près, au presbytère ; d'ailleurs, j'y vais.

M. de Farzac se laissa conduire.

Après une marche de vingt minutes environ, le vieillard ouvrit une porte en treillage; ils entrèrent dans un jardin; un prêtre y lisait son bréviaire. Au bruit que firent les pas sur le gravier de l'allée, il releva la tête et se dirigea vers les nouveaux arrivants.

— Monsieur le curé, dit M. de Farzac en s'inclinant, pardonnez-moi d'interrompre votre lecture pour satisfaire un mouvement de curiosité.

Et il exposa l'objet de sa visite.

A mesure que le bibliothécaire parlait, le visage du digne ecclésiastique, quoique plein de bienveillance, devenait soucieux.

— En vous révélant les détails d'un drame dont le hasard vous a fait découvrir les dernières traces, dit l'abbé, je ferai mon devoir; rentrons donc, ajouta-t-il en introduisant le visiteur dans le cabinet de travail.

Étant ensuite allé ouvrir un tiroir de son bureau, l'abbé y prit une cassette en cuir gaufré garnie de deux anneaux d'acier. Une clé était suspendue à l'un de ces anneaux : il la détacha et essaya de la faire tourner dans la serrure; mais celle-ci, rouillée par l'humidité, résista.

— Monsieur, intervint M. de Farzac, je vous en prie, ne remuez pas ces souvenirs, qui peut-être vous rappellent des choses pénibles

J'ai commis une indiscrétion ; permettez-moi de me retirer et excusez-moi.

Cependant le coffret était ouvert et le prêtre en avait déjà extrait une liasse de papiers qu'il tendait à son interlocuteur.

— Commencez, dit-il, par voir cette lettre...

Se ravisant, il reprit : « D'abord, avez-vous, entendu parler de Myrtille? » Le bibliothécaire fit un signe de tête affirmatif.

— Hélas! continua l'abbé, beaucoup de gens l'ont connue, la pauvre enfant, presque tous l'ont condamnée, quelques-uns l'ont plainte, personne ne l'a comprise. C'était une grande jeune fille aux yeux et aux sourcils bruns. Son visage d'une beauté grecque était encadré de longs cheveux blond-cendré. Elle avait une peau très fine et des dents éclatantes de blancheur. D'une nature ardente et capricieuse, elle était passionnée jusqu'à l'excès dans ses affections comme dans ses haines; très nerveuse et dominée par une imagination extraordinaire, elle subissait toujours l'impression du moment sans que les conseils pussent enrayer ses volontés. Tour à tour pleine de

joie, d'illusions, d'espérances et de force, ou
accablée par la tristesse, l'indifférence, le désespoir et l'abattement, elle se croyait soit
adorée, soit détestée de ceux qui l'entouraient.
D'un esprit profond quoique fantasque, elle
recherchait partout l'intelligence et aimait à
reconnaître la supériorité chez autrui. Avouant
ses torts, ce qui est le propre des grands caractères, elle ne craignait pas de les confesser
ouvertement et tâchait de les réparer à quelque prix que ce fût; au reste elle avait du
cœur, elle donnait avec générosité, et la vue
d'une douleur ou d'une souffrance quelconque
excitait de suite sa pitié. La beauté de la nature et l'art avaient également sur elle un
pouvoir souverain. Souvent, devant la majesté
de l'Océan, au milieu d'un site pittoresque ou
imposant, dans la contemplation d'un objet
d'art ou en écoutant les accords d'une harmo-
nieuse musique, elle sentait ses larmes couler.
Il semblait alors qu'entre cette créature artiste
et ce qu'elle admirait, s'établissait un dialogue
indéfini et mystérieux.

Attirée par une sorte de magnétisme, elle

savait deviner le beau et le comprendre ; enfin elle avait, innée, la science de l'esthétique ; ce qui échappait à la foule, elle l'appréciait.

Ceux qui la voyaient pour la première fois disaient : « C'est une bonne enfant, un peu étourdie ; » ceux qui l'observaient, pensaient que plus tard elle serait quelqu'un. Ah ! certes, on s'accordait à trouver qu'elle avait été gâtée ; mais seuls les méchants ont osé déclarer qu'elle avait une tête folle et des instincts pervers. La chère petite ! Parce qu'elle n'a point fait comme les autres femmes, on l'a accablée d'injures et d'outrages. Son crime a été de ne s'être vengée de la calomnie que par le dédain ; c'est que, bien qu'ayant les ruses et les finesses féminines, elle était loyale, et s'il n'était pas aisé de la tromper, il était encore plus difficile de l'empêcher de mettre une espèce de forfanterie à braver l'opinion publique et à en supporter les attaques avec indifférence. Souvent elle se compromettait avec intention pour occuper d'elle la médisance et s'amuser à s'entendre accuser de fautes qu'elle n'avait pas commises. L'opi-

nion qu'elle-même avait de sa propre valeur
paraissait lui suffire. Aussi toutes les femmes
la fuyaient et croyaient devoir la honnir.
Quant aux hommes, l'estimaient-ils? la mé-
prisaient-ils? Je l'ignore; en tous cas, ils lui
faisaient la cour. Elle était jeune et jolie!...

Voilà, monsieur, le portrait de Myrtille
Hérimières. Voulez-vous d'autres détails?

— Merci, répondit M. de Farzac; mais
puisque j'abuse de votre amabilité et que vous
m'avez parlé de la jeune fille, permettez-moi
de vous demander ce qu'étaient ses parents.

— Rien de plus juste, monsieur; son père,
Jacques Hérimières, était ancien militaire et
fils de magistrat. A quarante ans il avait
épousé une demoiselle Marie Bergefond, qu'il
aimait éperdument. Cette femme était une
nature d'élite, âme aimante, sensible et rêveuse, renfermée dans une frêle enveloppe.
M. Bergefond avait rempli d'honorables fonctions à la cour de Louis XVI, et l'on raconte
qu'à la Révolution, obligé de fuir Paris, il
avait acquis la propriété de Bellevue et s'était
définitivement fixé en province.

Lorsque Mme Hérimières mourut, son mari resta longtemps anéanti sous le chagrin que lui causa cette perte ; puis il reporta sur Myrtille toute sa tendresse, qui s'accrut en même temps que l'enfant grandissait. Les caprices de sa fille étaient pour lui des ordres, et toujours il exauça tous les vœux, il satisfit tous les désirs de cet être qu'il idolâtrait.

A l'époque où s'était accomplie la catastrophe, M. Hérimières avait soixante-trois ans ; il n'en paraissait que cinquante. Grand, svelte, élancé, aux traits accusés, il avait le regard ouvert, la voix sonore, et son humeur était joviale. Courageux comme un lion, c'était avant tout un homme d'honneur.

Maintenant, monsieur, vous êtes renseigné. Voyez cette lettre et ce dossier, et vous saurez alors pourquoi la très sainte Vierge Marie porte le petit flacon bleu à la main. Moi, je vais continuer mon bréviaire.

Et le saint homme sortit, laissant M. de Farzac devant la liasse des papiers placés sur le bureau. Quelques minutes après, le bibliothécaire prenait la lettre et la dépliait.

« Mon bon père, mon vieil ami,

» C'est à vous que s'adressent les malheureux, c'est à vous que les mourants ont recours ; ainsi, c'est à vous que je veux faire connaître ma vie. Je m'étais crue assez forte pour me sacrifier au devoir ; je m'étais trompée.

» Je meurs parce que je ne veux plus souffrir, parce que ma douleur est égoïste, parce que tout a été brisé dans mon cœur, parce que je ne crois plus.

» Je sais que votre religion impose d'endurer la souffrance en silence et de se laisser consumer dans une lente agonie en attendant la mort. Moi, qui n'ai jamais suivi que les impulsions de mes sentiments, je ne puis pas admettre que ce Dieu que vous appelez un Dieu de miséricorde veuille nous faire languir dans ce monde quand tout y est perdu pour nous.

» Mon bon ami, si je vous laisse une triste tâche, vous consolerez mon pauvre père qui m'aime tant. Je sens qu'en le quittant je suis coupable ; mais ma peine est trop grande, je n'ai plus de courage... Y a-t-il un Dieu ? Me pardonnera-t-il ?... Je le saurai demain.

» Je vous lègue ce cahier : c'est l'histoire de ma vie. Elle ne pourra intéresser personne, car chacun a eu ses douleurs et les a crues plus grandes que celles des autres. Cependant, si le hasard vous faisait rencontrer quelqu'un qui désirât savoir pourquoi une jeune fille de vingt-trois ans s'est tuée, montrez-lui ces mémoires.

» Adieu, mon vieil ami. Voici tous mes bijoux ; vendez-les et distribuez-en le produit à vos pauvres. Merci et pardon.

» MYRTILLE.

P.-S. — Si vous croyez que l'œuvre d'une suicidée ne soit pas indigne de figurer dans une chapelle, placez dans celle de Bellevue cette descente de croix ; ce sera le seul tableau qui restera de moi ; sinon, brûlez-le. »

» Quand il eut terminé la lecture de cette lettre, M. de Farzac se sentit douloureusement surpris ; aussi s'empara-t-il du cahier, dans lequel il lut ce qui va suivre.

CHAPITRE DEUXIÈME

J'avais à peine trois ans lorsque je perdis ma mère ; c'est, je me le rappelle, à partir de ce moment que j'ai eu notion de l'existence. Après cette mort, je restai seule avec mon père dans notre propriété. A ce propos, je dirai deux mots de Bellevue.

Notre grande maison de campagne, bâtie sur le flanc de la colline, domine le pays ; devant la grille d'entrée est le jardin, où s'épanouissent de jolies fleurs ; à droite il y a une épaisse charmille à l'ombre de laquelle on aime à se reposer pendant les chaleurs et d'où l'on aperçoit le potager situé en face, à côté d'un pré. C'est là, au milieu de ces riantes campagnes, que ma vie a commencé. J'y ai été heureuse pendant toute mon enfance.

Bouillonnante de sève, remplie d'enthousiasme, j'aimais tout, parce que je ne connaissais rien et que tout m'apparaissait bon et beau. Bondissant à travers la prairie, comme une jeune chèvre échappée, je courais avec les poulains de la ferme et je jouais avec eux comme avec de vrais amis. Tantôt je me penchais sur le bord d'un ruisseau pour écouter le murmure de l'eau ; tantôt je cueillais un brin d'herbe sur lequel dormait un insecte et j'abandonnais au courant ce petit radeau ; puis je m'imaginais les angoisses que devait éprouver cet atome vivant, ballotté par les flots de cette mer furieuse et se cramponnant à la planche qui le portait. Pour lui, le ruisseau n'était-il pas une mer ? le brin d'herbe, la planche du salut ? Enfin il me venait à la pensée que ce pauvre insecte était peut-être attendu par un des siens, comme moi par mon père : alors, je me hâtais de le retirer de l'eau, je le réchauffais dans ma main et, le

laissant déployer ses ailes au soleil, je lui rendais la liberté.

S'il pleuvait, je passais mes journées au
rez-de-chaussée, dans le salon, dont les meubles solides, mais démodés, et les grandes ten-
tures aux plis antiques me déplaisaient beaucoup; en revanche, je m'amusais à regarder
sur la cheminée une énorme pendule en bronze
et deux flambeaux du même genre, ou à admirer quatre mauvais tableaux suspendus aux
murailles, portraits d'hommes très laids. Mon
père en faisait grand cas, car, paraît-il, c'é-
taient les aïeux de la famille; malheureusement personne de nous ne pouvait dire le nom
de l'un d'eux. Il y avait encore une autre peinture représentant un gros chanoine qui, tenant
les deux doigts de la main droite en l'air,
semblait montrer une boule brune sur laquelle
était quelque chose de rouge que le temps
avait rendu méconnaissable. Mon père affirmait que c'étaient les armes de la famille Bergefond; moi, je croyais que c'était une poule
et ma tante assurait que c'était un livre.

Ma tante s'appelait Mme Dalant, mais on ne

la connaissait que sous le nom de Mme Françoise. Agée d'environ cinquante-sept ans, c'était une femme petite, maigre et d'une apparence chétive qui ne permettait pas de supposer sa forte organisation. Aussi ingambe que serviable, elle s'occupait de tout dans la maison et cela semblait si naturel que personne ne songeait à lui en savoir gré. Vêtue, hiver comme été, d'une robe en mérinos noir, et le visage empreint d'un sourire légèrement moqueur, elle furetait partout; rien n'échappait à ses petits yeux vifs et pétillants. Signe particulier : elle ne s'asseyait que sur les chaises et jamais ne s'appuyait au dossier.

Cette manie ne l'empêchait pas d'être très charitable : secourant les pauvres, visitant les chaumières, débarbouillant les marmots du pays, leur faisant réciter leurs prières, enseignant à coudre aux jeunes filles et soignant les malades, elle ne se départissait jamais de cette expression railleuse qui lui était particulière. Régulièrement elle allait à la messe, mais, en fait de paroissien, elle emportait la *Revue des Deux Mondes*, qu'elle lisait durant la céré-

monie ; les paysans croyaient pourtant à sa
piété ; tous les dimanches, en effet, elle en-
voyait des cierges à l'église et renouvelait les
fleurs de l'autel.

Veuve et n'ayant point eu d'enfants, elle habitait avec nous depuis la mort de ma mère et
exerçait sur moi une active surveillance ; aussi
me fallait-il une grande prudence, quand, le
soir, je voulais m'évader de Bellevue.

J'allais alors errer sur les ruines d'un vieux
château brûlé au moyen âge. Comme le jour
je me faisais raconter des histoires de reve-
nants par les vieilles femmes du village, j'a-
vais très peur ; aussi, afin de conjurer les esprits infernaux, je montais sur une tourelle
presque détruite, et là, une branche de peu-
plier à la main, je prononçais des paroles ca-
balistiques qui m'avaient été enseignées.

Quelquefois je regardais briller les étoiles,
mon regard se perdait dans l'immense profondeur azurée. J'éprouvais en ces moments un
sentiment inexplicable de béatitude, et, remplie d'admiration et de respect pour le Créateur, je priais... Certes, ces prières étaient

3

mieux dites que les oraisons que me faisait réciter ma tante.

Les émotions que je ressentais pendant ces
promenades nocturnes étaient trop fortes pour
moi : quand je revenais à la maison, mon cœur
palpitait avec violence et j'étais pâle et tremblante ; pourtant je ne renonçais pas à ces es-
capades enfantines, car ces frayeurs et ces rêveries me rendaient heureuse.

Dès l'âge le plus tendre j'avais montré de
grandes dispositions pour le dessin ; mon père
m'ayant procuré de bons professeurs, je tra-
vaillai tant, qu'à quinze ans on prétendait déjà
que j'avais du talent. J'aimais en outre la
littérature ; rien ne me charmait autant que la
lecture d'un bel ouvrage ; souvent je m'iden-
tifiais avec l'héroïne du roman et, cherchant à
en imiter la figure, le caractère, je m'attri-
buais ses qualités et ses défauts, je prenais
son nom et j'agissais en tout comme mon
idéal aurait agi, jusqu'à ce qu'une nouvelle
fantaisie vînt subjuguer mon esprit.

Durant quelques mois, je fus convaincue
que j'étais appelée à changer le genre humain

en adressant des harangues au peuple. Mes paroles devaient être des paroles de consolation et de charité, car le but de ma mission était de rapprocher les hommes en bannissant de leurs cœurs la haine et l'orgueil. Inconsciemment je voulais prêcher la république universelle.

Me mettant aussitôt à l'œuvre, le matin je partais visiter les plus pauvres chaumières, j'apportais quelques soulagements et un peu d'argent aux malheureux qui les habitaient, puis j'entamais un discours qui débutait généralement par un texte de l'Évangile :

« Aimez votre prochain comme vous-même, disais-je. Que signifient ces paroles? Je vais vous l'apprendre. Les deux sentiments que la Divinité a mis dans vos cœurs, pour votre conservation et pour votre bonheur, étendez-les aussi par votre générosité aux créatures qui vous ressemblent, traitez-les à l'égal de vous-même; c'est-à-dire, ce qui vous fait plaisir, accordez-le aux autres. Voilà la loi de l'humanité. Ne discernez-vous pas ce qui est juste de ce qui ne l'est pas? Avez-vous be-

soin de la science pour être homme de bien ?
Que votre premier soin, que votre dernier but
soit de le devenir. Mais comment y arriver?
Par l'amour de vos semblables. L'homme bon
est celui qui les aime plus que lui-même. Il
faut donc que votre résolution soit de les
aimer tous, sans distinction, sans égard pour
leur caractère, pour leur nationalité, pour leur
fortune ou pour leur pauvreté. Faites attention
à ceci, vous devez les aimer tous, par conséquent vos amis et vos ennemis ; vous devez
pardonner et agir sans égoïsme, dans le simple but de faire le bien. Mais une chose borne
votre affection pour le prochain : l'amour de
vous-même !

» Ah! c'est que cet amour-là vous fait aisé-
ment illusion, et si vous mettez de la prudence
à être bons, vous avez déjà cessé de l'être.

» Un plus malheureux que vous implore
votre assistance : « Il est robuste, direz-vous;
qu'il travaille comme moi. » Savez-vous s'il a
du travail? Peut-être que des parents, des enfants malades l'ont dérobé à son labeur quoti-
dien pour quelques jours. N'examinez point, ne

balancez point ; aidez-le et souvenez-vous que ce n'est pas seulement l'homme isolé qui est votre prochain, mais l'espèce humaine ; vous lui devez les preuves de votre affection ; travaillez pour son bonheur en considérant la vie sous un double aspect : la vie morale, et la vie civile. La vie morale qui doit vouloir le bien, la vie civile qui doit l'exécuter ; alors vous remplirez vos devoirs envers la patrie, le monde et l'humanité, sans espoir de récompense ou même de remerciements, et vous pourrez dire que vous êtes des hommes. »

Je fus bientôt dégoûtée de ce rôle de prédicateur, car je ne tardai pas à constater que seules mes libéralités faisaient supporter mes sermons ; ce fut donc avec un grain de scepticisme que je repris mes crayons. Toutefois je continuai à faire des aumônes ; un jour, je recueillis au milieu du village un misérable vagabond, et sans me soucier de l'ébahissement des paysans qui se moquaient de moi, je l'emmenai à Bellevue.

Il est convenable d'avouer que si j'avais bien sondé mon cœur, j'y aurais vu qu'à la charité naturelle qui m'excitait à accomplir ces actes d'humilité publique se joignait un certain orgueil pour le rôle que je jouais. C'était la bizarrerie du fait et une satisfaction personnelle, plutôt que la bonté, qui me poussaient à l'exécuter : si tout le monde avait agi comme moi, j'aurais immédiatement cessé : ainsi, moi qui parlais tant de sacrifier l'amour de soi-même à l'amour du prochain, je n'aurais pas prêché d'exemple.

CHAPITRE TROISIÈME

Lorsque j'eus dix-huit ans, je devins subitement mélancolique : tout m'attristait, j'éprouvais du plaisir à me laisser languir dans un état de complète faiblesse physique ; il me semblait que mon esprit envahissait peu à peu mon corps et que mes sens s'éthérisaient ; je fuyais les êtres vivants, qui auraient troublé mes rêveries, pour rechercher une parfaite solitude dans laquelle je me complaisais.

Alarmé de me voir atteinte de cette névrose, mon père consulta un médecin. On m'ordonna de voyager. Pendant quelque temps je résistai ; mais devant les supplications paternelles, je

fus obligée de céder et nous partîmes pour
Paris. Ma tante resta seule à Bellevue.

On prétend que les premières impressions
d'un étranger qui pose le pied dans la capitale
sont un éblouissement extraordinaire, une admiration sans bornes. Il en fut autrement
pour moi. Ces boulevards bruyants, ces en-
seignes aux couleurs criardes, cet étalage de
réclames, ce fourmillement d'hommes occupés
chacun de pensées diverses, se coudoyant, se
heurtant ou se fâchant, cette seule et constante
préoccupation de soi-même qui paraissait
dans tous leurs mouvements, et ce mélange
de richesses et de misères, tout cela me
sembla si faux, si éloigné du bonheur, que ma
tristesse en fut augmentée. Mon cœur était op-
pressé, je sentais le vide et j'aurais voulu fuir

Nous nous installâmes dans un bel appartement avec un atelier qui m'était destiné ; cependant ma gaîté ne revenait pas.

— Il faut sortir, mon enfant, il faut te distraire, me dit mon père.

Alors les visites commencèrent. Je me laissai
conduire chez beaucoup de personnes dont la

plupart étaient vieilles et laides ; c'étaient d'anciennes connaissances !

On parlait du vieux temps ; on se plaignait du présent, de la cherté des vivres, du luxe, etc., et on terminait invariablement en demandant comment cela finirait.

— Tiens, c'est toi ! s'écriait mon père en retrouvant derrière un paravent, enfoui dans un vaste fauteuil, quelque compagnon d'armes.

La robe de chambre, la calotte de velours et les pantoufles fourrées avaient remplacé l'uniforme d'antan. Les deux camarades se regardaient d'abord avec surprise, ils relevaient leurs lunettes, et ils s'embrassaient avec précaution, de peur de se casser. Enfin on causait des enfants, on s'échauffait en parlant de leurs positions, et bientôt on entamait l'histoire des prouesses de la vie de garçon ; on baissait la voix, de temps en temps s'échappait une exclamation bruyante aussitôt étouffée par les éclats de rire : alors je fixais un objet quelconque avec attention et j'avais l'air de ne rien entendre.

Ces visites ne m'auraient pas déplu, si je
n'eusse eu à supporter ma propre exhibition ;
on s'extasiait sur ma beauté, sur mes talents.
Mon père était félicité et il esquissait un sourire modestement orgueilleux. Cela m'exas-
pérait. La jeunesse est égoïste, elle trouve
odieux ce qui ne se rapporte pas directement
à elle.

Un soir, nous étions à l'Opéra ; je remarquai
dans une avant-scène une femme fort jolie
qu'entouraient de jeunes élégants. Un bouquet
était posé près d'elle. Soudain la salle eut un
élan d'admiration pour le ténor qui chantait ;
dans son enthousiasme, la jeune femme lança
le bouquet sur le théâtre. Cette démonstration
fit tourner tous les yeux de son côté. Elle
feignit de ne point s'apercevoir du mouvement
qu'elle avait provoqué, et supporta avec
aplomb les regards des spectateurs ; mais à un
signe que lui fit un monsieur, placé aux fau-
teuils d'orchestre, elle rougit, et cinq minutes
après, quitta la loge.

J'avais suivi cette petite scène avec curiosité ;
lorsqu'elle fut terminée, je demandai à mon

père quelle était cette femme. Il me répondit qu'il l'ignorait.

Quelques jours plus tard, aux courses, je la vis de nouveau. Elle était debout sur les coussins de sa victoria et, de sa lorgnette, suivait les chevaux sur la piste; un havanais blanc jouait avec les volants de sa robe. Tout à coup un mouvement de recul du cheval fit tomber l'animal : « Ah! mon Dieu, Friska!... » s'écria la jeune femme en se cachant le visage dans les mains pour ne pas voir la catastrophe imminente. La petite bête, en effet, aurait été infailliblement écrasée, si mon père, qui se promenait de ce côté, ne l'eût rattrapée et rendue à sa maîtresse. La jeune femme se confondit en remerciements, et on ne saurait croire avec quelle joie elle prit dans ses bras sa Friska saine et sauve; elle pleurait et riait en même temps. S'apercevant que, pendant cette aventure, j'étais restée dans notre coupé, l'inconnue quitta sa voiture et vint vers moi; puis, me serrant la main, elle m'embrassa comme si nous étions intimement liées.

— Ne vous étonnez pas de la liberté que

j'ose prendre avec vous, chère enfant, dit-elle
en voyant ma stupeur ; monsieur votre père
vient de me rendre un service que je n'ou-
blierai de ma vie ; désormais je veux être une
amie pour vous.

Je m'inclinai aussitôt et je remarquai que
son accent était étranger.

— Vous êtes jolie, ajouta-t-elle subitement
en fixant les yeux sur moi..... Cette brusque
déclaration me fit faire un soubresaut : Oui,
vraiment ; vous êtes très jolie, répéta-t-elle.

Je balbutiai quelques mots embarrassés
qu'elle n'entendit pas. Elle reprit :

— Je sais que vous vous occupez de peinture, vous avez même du talent.

Et elle appuya sur ces derniers mots.

— Mais, madame, par qui avez-vous pu
apprendre ? dis-je étonnée.

— Ah ! voilà... répondit-elle en m'interrom-
pant, et elle releva la tête en clignant des
yeux, afin de m'empêcher d'en demander davantage. Je vous quitte, car j'ai parié pour
un de mes amis qui fait courir ; je vais savoir
si j'ai perdu. Mais j'irai vous voir, et j'es-

père que, vous aussi, vous viendrez chez moi. J'ai dans ma galerie quelques belles toiles de maîtres ; cela vous intéressera.

Elle me tendit une carte parfumée sur laquelle elle écrivit son adresse au crayon. Je lus :

« Princesse Elsie Wolowska. »

— Au revoir, continua-t-elle.

Et elle disparut.

— Quelle singulière femme ! dis-je à mon père lorsque nous fûmes seuls. Qui a pu lui parler de moi ?

— Elle a l'air d'une folle, répondit-il ; après tout, ces étrangères sont si étonnantes !

— Cependant elle me plaît ; elle est si gracieuse ! Et puis, c'est une princesse !

— Eh bien ! nous irons la voir.

Tenant sa promesse, le lendemain, la princesse venait nous rendre visite ; malheureusement nous étions sortis ; aussi, quelques jours après, nous dirigions-nous du côté du parc Monceau, où était situé son hôtel.

La princesse Elsie Wolowska était russe, fille de prince, veuve de prince et parente

d'une foule d'autres princes. Belle, grande,
fort mince, capricieuse, enjouée, coquette
comme un démon, ayant des naïvetés enfantines qui lui convenaient à merveille, elle
possédait le grand art de savoir étaler ses
charmes avec simplicité, presque avec indifférence ; jamais elle n'avait l'air de se douter
qu'on était amoureux d'elle.

Elsie parlait souvent de ses propriétés en
Valachie, qui, disait-elle, devaient lui rap-
porter un million de revenu, lorsque les procès
que lui avaient intentés les parents de son
mari seraient terminés. Elle ajoutait qu'elle
aurait volontiers fait abandon de ses droits
sur cette fortune pour éviter les chicanes, si
elle n'avait voulu élever un monument fu-
nèbre de trois millions à la mémoire chérie
du prince Wolowski.

Elle déployait dans ses appartements un
luxe fabuleux. On allait lui rendre visite de
une heure à cinq. Les salons étaient invariablement éclairés pendant le jour comme si
c'eût été la nuit, car le soleil était devenu in-
supportable à la princesse depuis la mort du

prince. D'ailleurs, elle avait constaté qu'elle gagnait beaucoup aux lumières...

Chère Elsie ! Elle était si jolie, avec son petit accent de Cosaque, ses narines mobiles, sa taille souple, ses brusqueries de chèvre ! Comme elle savait trôner au milieu du cercle aristocratique qui l'entourait, malgré le laisser-aller de sa conversation !

Elsie n'avait jamais eu d'enfant, mais elle s'en consolait avec sa chienne Friska.

Un laquais nous introduisit. La princesse se tenait dans un grand salon, au milieu d'un cercle de gens qui parlaient très haut.

— Venez m'embrasser, ma belle enfant, s'écria-t-elle en m'apercevant.

Et elle s'avança vers moi; puis, sans me laisser le temps de la saluer :

— Monsieur André de Laval, monsieur Paul Récy, un de nos auteurs distingués, le vicomte de la Sablière, monsieur Gaston de Sarcy, monsieur de José de Saugo, ambassadeur du Pérou, le capitaine de Wolfeustrech, dit-elle, en me désignant des messieurs qui s'inclinèrent tour à tour... Mademoiselle de..... Comment

vous nommez-vous, ma belle ? demanda-t-elle
étourdiment.

— Myrtille Hérimières.

— Myrtille ! Ah ! le joli nom ! Et elle reprit :
Ma bonne amie, Mlle Myrtille de... Comment
avez-vous dit?

— Hérimières.

— Mlle Myrtille d'Hérimières.

J'allais rectifier pour enlever cette particule
qui ne m'appartenait pas ; la princesse ne
m'en laissa pas le temps.

— Vous êtes ici chez vous, dit-elle ; faites
tout ce que vous voudrez.

Et elle me quitta pour parler à de nouveaux
arrivants.

Mon père, le chapeau à la main, gardait une
attitude embarrassée et n'osait traverser ce
grand salon illuminé. Moi, je sentais que
nous n'étions point dans notre monde et
j'aurais donné beaucoup pour m'esquiver ;
cependant il fallait faire bonne contenance.
Tandis que mon père prenait un siège près de
la porte, afin d'avoir un maintien, je me mis
à feuilleter des albums.

Peu nombreuses, les femmes étaient toutes
étrangères et pour la plupart américaines; il
m'était difficile de causer avec elles. D'ailleurs
je commençais à avoir assez de jouer, au milieu de cette élégante réunion, le rôle d'une
petite provinciale; aussi je tournai derrière
le cercle animé des causeurs, et je fis à mon
père signe que je désirais m'en aller; il répondit par un sourire de satisfaction; mais,
au moment où je me dirigeais vers lui, la
princesse se précipita au devant de moi, et
d'un petit ton pleurnicheur :

— Comment, dit-elle vous vous ennuyez déjà!

Me prenant le bras, elle se pencha à mon
oreille et baissa la voix :

— Regardez là-bas, sur ce divan, près la
grande portière rouge : voyez-vous?

— Ce jeune homme blond! Qu'a-t-il de
particulier?

— C'est Abramowitch, un de mes compa-
triotes, qui se meurt d'amour pour vous !

— Pour moi! vous plaisantez.

— Si fait, je vous le promets; vous allez
en juger.

Et Elsie m'entraîna vers la portière. S'arrêtant en face du jeune homme, elle me présenta et me pria de m'asseoir à côté de lui.
Comment refuser? J'obéis. Alors Elsie prononça quelques mots russes et nous quitta.

— Mademoiselle, voilà une dette énorme
que je viens de contracter envers la princesse,
me dit le jeune Russe.

Je le regardais avec de grands yeux étonnés
qui semblaient dire : « Je ne comprends pas. »
Il reprit :

— Comment lui rendrais-je jamais le bonheur qu'elle me procure, en m'offrant la pos-
sibilité de vous voir et de vous approcher?

J'éclatai de rire, mais il n'en continua pas
moins ses discours galants. C'était la première
fois que de telles paroles m'étaient adressées ;
quoique comprenant parfaitement leur bana-
lité, elles me divertissaient ; mon amour-
propre était flatté et je ressentais un certain
plaisir à les écouter ; de temps en temps j'es-
quissais à mon insu un sourire. Bientôt nous
nous levâmes. M. Abramowitch me fit examiner la galerie des tableaux ; en passant près

d'une porte où étaient placés des camélias blancs, il cueillit à un de ces arbustes deux fleurs et, me les offrant :

— Gardez-les, dit-il ; avant de partir, vous m'en donnerez un.

— Pourquoi ? fis-je en riant.

Nous rentrâmes dans le salon, mon père vint vers moi :

— Partons, murmura-t-il ; il est six heures et demie, et l'on doit nous attendre pour dîner.

Après la conversation sentimentale qui finissait à peine, ce mot *dîner*, qui me rappelait aux réalités de la vie, sonna si désagréablement à mon oreille, que je répondis machinalement :

— Oh ! cela ne fait rien, je n'ai pas faim.

Je me mordis aussitôt les lèvres. Quelle femme ne perd pas un instant la tête, quand elle a devant elle un homme qui la trouve jolie et en est amoureux ?

— Non, non, il faut aller dîner, interrompit Abramowitch en se cambrant ; si vous n'avez pas faim, ce n'est pas une raison pour que monsieur votre père en souffre. Il ajouta tout bas : Mon camélia ?

Je lui jetai furtivement une fleur et nous allâmes prendre congé de la princesse.

— Revenez demain, dit-elle en m'embrassant, je reçois l'ambassade japonaise.

— Les parents n'ont pas grand'chose à faire chez la princesse, remarqua mon père lorsque nous fûmes rentrés.

— Tu t'ennuyais, n'est-ce pas ? dis-je avec indifférence en jetant un coup d'œil sur mon miroir.

— Tu sais bien que, du moment que tu t'amuses, je suis content.

A partir de ce jour, je manquai rarement les réceptions de la princesse ; deux heures de conversation avaient suffi pour éveiller en moi toute la coquetterie enfermée dans le cœur de la femme. Elsie continuait à m'appeler Mlle d'Hérimières ; je pensai que dans le grand monde la particule était indispensable, et je m'habituai si bien à ce nom, que je finis par me persuader qu'il était véritablement mién. Et pourquoi non ?... N'étais-je pas d'excellente lignée? Mon aïeul n'avait-il pas rempli de hautes fonctions à la cour? Ces parchemins enfouis dans la bibliothèque de Bellevue, n'étaient-ce pas des titres de noblesse?... Et ces portraits de famille? Et nos armes peintes sur le tableau du gros chanoine?... Car c'étaient nos armes !

Enfin je commandai des cartes avec une couronne de comtesse et ce nom : Myrtille d'Hérimières. Ce changement accompli, lorsque je reçus des lettres adressées à Mlle Hérimières, cela me choqua et me sembla presque une injure. Mon père traita cette fantaisie d'enfantillage et il ferma les yeux.

Un peu plus tard, il y eut bal chez la princesse; j'étais enchantée de pouvoir briller dans ce monde qui avait rendu hommage à ma beauté; j'y allais sans songer à quel degré d'aveuglement et d'amour en était arrivé mon père, avec quelle abnégation il consentait à m'accompagner dans ces soirées; il me suffisait de me voir admirée, adulée. Le luxe de l'aristocratie, le prestige des grandeurs m'avaient enivrée.

Le bal fut superbe, les immenses salons re-
gorgeaient d'invités ; la princesse ne quittait pas
la salle de jeu. Moi, je n'avais jamais été si gaie ;
je me devinais si splendidement belle, que je
ne me donnais même pas la peine de *poser*
mon visage.

Abramowitch me suivait partout ; cela
m'embarrassait ; quoique je me rendisse
compte de son peu d'esprit, il avait ce brio
banal d'un habitué des salons, et ses clichés
me faisaient rougir sans que je trouvasse
quelque chose à répondre : on sentait que cet
homme méprisait les femmes et qu'il s'amu-
sait à leurs dépens.

Au milieu de la soirée, la princesse vint
vers moi :

— Je veux, dit-elle, vous faire connaître un
jeune peintre de talent : au souper, je vous
l'enverrai.

En effet, lorsqu'on se dirigea dans la salle à
manger, Elsie me présenta M. Giacomo Olivieri.

— Ah ! m'écriai-je surprise, c'est vous qui
êtes l'auteur de ces magnifiques toiles qui
ornent la galerie de la princesse ?

Cédant à ma nature enthousiaste, je lui fis, avec la chaleur qui m'anime lorsqu'il s'agit de l'art, les compliments qu'il méritait.

— Mais vous-même, mademoiselle, dit-il, n'êtes-vous pas artiste? S'il en était autrement, comment pourriez-vous comprendre le sentiment intime qui anime le peintre lorsqu'il reproduit sur une toile son rêve, son idéal?...

Je répondis affirmativement et je lui offris de venir visiter mon atelier. Il accepta, nous prîmes rendez-vous pour le lendemain.

Originaire d'Italie, Giacomo Olivieri habitait Paris depuis quinze années. Il s'y était fait un nom. Agé d'environ trente-deux ans, il était petit et nerveux à l'excès ; sa peau était brune ; ses cheveux très noirs, longs et frisés ainsi que sa barbe, poussaient sans souci du peigne ou des ciseaux ; il eût été laid, s'il n'avait eu d'épais sourcils et de beaux yeux. Ses camarades ne l'appelaient jamais que Salta-Fossi, surnom qui lui avait été attribué à la suite d'une histoire scandaleuse dans laquelle il avait joué le rôle important et qui, même, l'avait forcé à quitter son pays. Bien qu'il fût toujours sale et mal vêtu, sa physionomie plaisait aux femmes, qui disaient : « Son visage respire le génie ». La hardiesse de son coup de pinceau, l'habileté avec laquelle il mélangeait les couleurs lui avaient valu une nombreuse clientèle, quoique ce fussent en général les hommes qui achetassent ses œuvres, car il aimait à traiter les sujets scabreux.

Le bal se prolongea fort tard ; étant extrêmement fatiguée, je partis avant la fin ; Abramowitch me conduisit jusqu'à la voiture. Au moment où nous passions dans une pièce remplie de plantes exotiques et de fleurs, j'aperçus, à travers un buisson de verdure, deux grands yeux bleus qui me regardaient singulièrement : je frissonnai et je me serrai contre mon cavalier ; il me sembla que je perdais connaissance. Lorsque je revins à moi, la vision avait disparu.

CHAPITRE QUATRIÈME

Olivieri tint parole ; je l'introduisis dans
mon atelier. Il considéra les tableaux, les
ébauches, même les esquisses, et durant cet
examen, il ne prononça pas un mot. Mes
œuvres jusqu'alors étaient inconnues ; comme
elles étaient un reflet de mes sentiments,
j'avais mis une honte pudique à les cacher ;
aussi ce silence m'avait-il émotionnée, et déjà
je tremblais quand, tout à coup, Olivieri murmura à voix basse, comme se parlant à lui-
même :

— Pourquoi tant de talent chez une femme?

Je me retins pour ne pas sauter de joie et
je m'écriai en le regardant :

— Comment !

— Oui, répondit-il, vous êtes trop femme
pour devenir artiste. Vous aimez trop le
plaisir, les fêtes, le luxe. Et après une pause il
continua : Pensez-vous que l'art soit le mar-
chepied de la beauté, ou la beauté celui de
l'art ?... Quand une femme est jolie, elle n'a
pas besoin d'être artiste pour être admirée et,
si elle est artiste, sa beauté lui nuit... L'art...
savez-vous ce qu'il est ? Savez-vous ce qu'il
veut ? Il veut une surexcitation de l'esprit qui
l'élève au-dessus de la matière ; il demande
une sublilisation du sentiment par l'anéantissement complet du corps ; il exige un mépris
absolu des jouissances terrestres. Pour lui,
tout doit être sacrifié : jeunesse, beauté, fortune, affections. Il absorbe tout ! Il réclame
un amour infini, éternel ! Mais aussi que ne
trouve-t-on pas en lui ! Quelles sensations
enivrantes n'éprouve-t-on pas devant l'œuvre
qu'on a enfantée, lorsqu'elle renferme l'idéal
rêvé, lorsque les visions écloses dans le cerveau sont devenues en quelque sorte vivantes
et palpables !

Eh bien! cette vie de labeurs, de fatigues, de privations, vous, femme du monde, de ce monde où l'inspiration s'altère, où le génie est étouffé, l'accepteriez-vous, la voudriez-vous?

— Je la veux, dis-je avec fermeté.

L'exaltation de l'artiste avait passé en moi; mon cœur battait avec force, mon sang bouillonnait; transfigurée, dans l'espace d'une minute, j'avais découvert des horizons inconnus; je devais avoir l'air profondément résolu, car, sans hésiter, Olivieri me tendit la main et dit solennellement :

— S'il en est ainsi, soyez ma sœur et jurons-nous un mutuel appui.

— Je le jure, répondis-je avec énergie en mettant ma main dans la sienne.

A dater de ce jour, ma vie fut entièrement changée. Renonçant à toutes les futilités auxquelles je m'étais abandonnée, je m'installai à mon chevalet et je ne le quittai qu'à la nuit. Je n'avais qu'un but : la gloire. A quelque prix que ce fût il fallait l'atteindre ! Je fis dans peu de temps des progrès inespérés, car je n'allais pas dans le monde. Chez la princesse, on avait d'abord beaucoup parlé de ma subite retraite, ensuite on ne s'en était plus inquiété.

Olivieri venait tous les jours. Il me regardait travailler et, bien que me donnant des conseils, il respectait ce qui émanait de mon imagination.

Une fois, il m'annonça que je le verrais moins souvent, son propriétaire reprenant pour lui-même l'atelier qu'il occupait.

— Ainsi, dit-il, comme il n'y en a pas d'autres à louer dans ce quartier, je vais être obligé de m'éloigner beaucoup.

— Qu'à cela ne tienne ! m'écriai-je avec impétuosité : mon atelier est énorme, disposez-en ainsi que des deux chambres qui l'avoisinent ; c'est assez grand, ajoutai-je en me tournant vers mon père, qui restait interdit.

Pressentant qu'il allait s'opposer à ce projet, je repris d'un ton insinuant :

— J'ai offert à mon cher ami Olivieri mon atelier comme lui-même m'aurait certainement offert le sien, si j'en eusse eu besoin.

— Oh ! n'en doutez pas, mademoiselle, dit

Olivieri avec enthousiasme ; puis, d'un air ob-
séquieux, il continua : Avant tout, je ne veux
pas contrarier M. d'Hérimières, et je ne puis
accepter ce que votre excellent cœur désirerait
faire pour moi.

— Comment donc! interrompit vivement
mon père, cette bonne petite fille vous fait
une proposition que je serais enchanté d'ac-
cueillir ; mais Myrtille est jeune, sans expé-
rience, et ne connaît pas les usages auxquels
nous sommes obligés de nous soumettre.
Vous qui êtes un homme du monde, vous me
comprenez, n'est-ce pas, mon cher monsieur
Olivieri?

— Assurément, c'est impossible, interrompit le jeune peintre en souriant avec un
faux air bonhomme ; mademoiselle sera de
notre avis lorsque je me serai retiré.

Il fit un mouvement vers la porte.

— Vous ne m'en voulez pas au moins? dit
mon père en lui tendant la main.

— Moi? du tout.

Et Olivieri sortit.

— Eh bien! il ne manquerait plus que cela !

s'écria mon père en se laissant tomber sur un fauteuil. Loger chez moi les bohèmes de Paris!... Il aurait accepté, ma parole d'honneur!... C'est un bon garçon, je ne prétends pas le contraire; il t'a aidé, il a contribué à tes progrès; certes, j'aime à le voir; mais je ne veux pas l'héberger, lui et ses pinceaux; ah! non!

Et les exclamations étouffées se succédèrent, mêlées aux signes de dénégation les plus vifs.

— Vous devez être satisfait, ravi, maintenant, dis-je avec une froideur marquée; vous avez offensé Olivieri, il ne reviendra plus.

— Oh! tu exagères, je ne crois pas ça.

— Vous l'avez froissé, vous dis-je.

— Froissé ou non, je préfère ne plus le revoir, plutôt que de le loger chez moi... Allons, Myrtille, ma chérie, tu as perdu la tête!

— Si j'ai perdu la tête, vous avez perdu le cœur; vous avez toutes vos aises, toutes vos commodités; cela ne vous suffit pas. Il y a deux chambres inutiles: inutiles, entendez-vous bien? Vous ne voulez pas les utiliser et en faire profiter un malheureux artiste. Non seulement vous lui refusez ce service, mais vous vous amusez à l'hmilier dans sa misère.

— Moi !...

— Ne saviez-vous point que je désirais prouver ma reconnaissance à Olivieri ? C'était une occasion. Mais vous n'avez pas voulu ; vous aimez mieux me causer du chagrin..... C'est charmant, je vous remercie.

Et je riais convulsivement.

— Mon enfant, je t'en prie, ne t'emporte pas ainsi ; lorsque tu seras plus calme, tu comprendras parfaitement l'absurdité et l'injustice de ton langage, tu te reprocheras même ces paroles que la colère t'a amenée à prononcer : Moi ! égoïste ?... Pour mériter cette accusation, il aurait fallu ne pas t'avoir suivie comme un chien partout où il te plaisait de me conduire. Quand tu me me traînais chez la princesse, il aurait fallu te répondre : « Non, je n'irai pas chez des gens du monde qui me trouvent ridicule et où je sens que je le suis. » Mon Dieu ! je ne puis m'imaginer à quel point d'aveuglement il faut que je sois tombé pour con-

sentir à jouer le rôle d'une canne ou d'un para-
pluie que l'on pose en entrant dans l'anti-
chambre et que l'on reprend à la sortie!

— Si lorsque vous cédiez à mes fantaisies
de fillette vous vous réserviez le secret plaisir
de me reprocher vos bontés, vous auriez mieux
agi en me laissant à la maison. Ah! si j'avais
su, j'aurais préféré mourir d'ennui plutôt que
de m'amuser à ce prix; rien ne vous con-
traignait à me mener chez la princesse : vous
étiez le maître!

— Tu te trompes, Myrtille, ce n'est pas ce
que j'ai voulu dire. Ce que j'ai fait pour toi, je
le ferais encore : je donnerais ma vie pour t'é-
pargner une contrariété; mais, moi, ton père,
responsable de tes actions et chargé de te diriger, je ne peux pas, je ne veux pas introduire
un jeune homme dans ma maison! Que dirait-
on?

— Alors, vous n'êtes point au-dessus des
propos méchants que peuvent tenir les sots!
Ceux-là seuls trouveraient inconvenant que je
reçusse un artiste : j'ai le malheur d'être une
femme! N'êtes-vous pas exposé à entendre cri-

tiquer tous les jours la manière dont vous m'élevez.

— Je vois uniquement, mon enfant, le tort que tu te ferais à toi-même. Que l'on dise de moi : « C'est une vieille bête, un père idiot, » cela m'est indifférent, si je dois faire ton bonheur; mais un mot sur toi, je ne pourrais le supporter.

— Vous doutez donc de mon honnêteté? Vous pensez que le premier venu pourrait me tourner la tête, n'est-ce pas? Olivieri, allez, ne se soucie pas plus de moi que je ne me soucie de lui ; seulement, il m'aide de ses conseils, il essaie de me rendre célèbre; voilà pourquoi j'ai de l'amitié pour lui.

— Certes, ma chère enfant, Olivieri est un brave garçon ; mais il est homme, après tout! Ah! si tu voulais l'épouser, quoique ce mariage dût me déplaire, ce serait différent : je ne contrarierais pas ton inclination... Mais tu n'aimes pas Olivieri?

— Et qui vous parle d'aimer Olivieri? Je n'en voudrais pas. Est-ce que je tiens à me marier, moi?... C'est bon pour les autres

5

femmes... L'amour de mon art me suffit et j'y sacrifierai tout... Vous venez de détruire le rêve, l'ambition de ma vie, par vos raisons de convenances ou par esprit de contradiction. Oh! vous êtes cruel !

— Myrtille, ma chère, je ne céderai pas sur ce point : je ne logerai pas M. Olivieri chez moi.

— C'est donc un refus catégorique?

— Oui, répondit avec fermeté mon père.

C'était la première fois qu'il me résistait aussi ouvertement; furieuse et désolée, j'allai m'enfermer dans ma chambre.

Le lendemain, quand l'heure du déjeuner sonna et que je parus dans la salle à manger, j'étais pâle et défaite. Mon père me supplia en vain de prendre quelque nourriture; je refusai obstinément. Je restai ainsi deux jours sans qu'il me fût possible d'avaler aucun aliment, car j'avais éprouvé une si grande contrariété que mon estomac était serré. Fou de douleur, mon père s'avoua vaincu.

— Fais venir qui tu voudras, mon enfant chérie, mais ne sois pas malade... Oui, j'ai eu

tort de te contrarier ; veux-tu que j'aille chercher Olivieri ?...

— Non, répondis-je d'une voix faible, non ;
il est trop tard maintenant.

— Pas du tout ; tiens, je vais le chercher !

— Vous admettrez bien qu'Olivieri ne peut
accepter après avoir été chassé comme il l'a
été l'autre jour. Il a sa dignité, quoique
pauvre !

— Je ne l'ai pas chassé, ce malheureux
garçon !... Ah ! mon Dieu, qu'ai-je fait? s'é-
cria mon père en regardant mes joues pâlies
et mes lèvres décolorées. Qu'il vienne donc
vite, cet Olivieri ; mais que je te voie sourire !

Aussitôt j'écrivis, dans les termes les plus
affectueux, une lettre d'excuses à Olivieri, le
suppliant d'oublier ce qui s'était passé et
l'engageant à prendre possession de la partie
de l'appartement qui lui était réservée.

Le peintre ne se fit pas répéter l'invitation,
il arriva avec ses malles et il s'installa. Pendant six mois, ses allures furent celles d'un
parfait gentleman. Lorsqu'il me parlait, il
avait le soin d'oublier la femme et ne s'adres-

sait qu'à l'artiste. J'avais désiré qu'il en fût
ainsi. Olivieri l'avait deviné : il savait qu'à la
première marque d'admiration qu'il aurait
manifestée pour ma beauté physique, il aurait
immédiatement perdu son prestige, et il était
trop rusé pour risquer sa position en cédant
au plaisir de me faire la cour. Seul, l'art
devait être notre but.

Un de mes tableaux les mieux réussis fut
une scène de la peste de Milan ; j'avais longuement étudié le sujet et j'étais parvenue,
paraît-il, à un bon résultat : l'œuvre fut ad-
mise à l'exposition, j'obtins une médaille
d'or. L'avouerai-je ? je ne fus pas surprise, et
la persuasion intime que j'avais de la valeur
du tableau me fit trouver que la récompense
n'était que juste. Ce sentiment d'orgueil n'est-
il pas naturel ? j'en appelle à tous les artistes.
De nombreux articles qui me couvraient de
louanges parurent dans les journaux. Un jour,
j'eus la fantaisie de connaître moi-même
l'opinion du public : je me rendis au Salon
avec mon père.

Après avoir parcouru plusieurs salles, j'ar-

rivai dans celle où était exposé le n° 359 :
« *Une scène de la peste à Milan*, Mlle Hérimières, née à Valnix, » disait le catalogue. Un
groupe de curieux stationnait devant la toile.
A la pensée que mon œuvre chérie était en
butte aux critiques de ces indifférents, j'eus
une palpitation si violente, que, saisissant le
bras de mon père, je l'entraînai, et nous
allâmes nous asseoir près de la sortie, sur un
divan dissimulé derrière un massif d'arbustes
et de plantes grasses. Lorsque mon émotion
fut calmée, il me vint à l'idée que cette foule,
au lieu de critiquer mon tableau, pouvait simplement l'admirer. Songeant au succès que je
remportais, je pris la main de mon père et je
la serrai.

— Es-tu heureuse ? me demanda-t-il tendrement.

Je ne répondis pas, mais un éclair de joie
illumina mon visage.

A ce moment, quelques jeunes peintres
s'arrêtèrent devant le massif derrière lequel
nous nous trouvions.

— C'est beau, très beau, disait l'un.

— C'est jeune, interrompait un autre, mais cela promet.

— Que veux-tu donc? s'écriait un troisième; c'est plein de vérité et c'est senti. Il est impossible que ce soit l'ouvrage d'une femme; n'est-ce pas, Rabany?

— Parbleu! répondit celui que l'on interpellait, il n'y a de féminin dans ce tableau que le nom dont il est signé; on sait, du reste, qu'il a pris comme pseudonyme le nom de sa nouvelle maîtresse : une originalité.

— On dit qu'elle est jolie, cette petite. Est-ce vrai?

— Je ne l'ai jamais vue; pourtant...

A cet instant il se produisit un mouvement dans le groupe et des exclamations entremêlées de bravos éclatèrent :

— Allons! Allons! criait-on, viens recevoir la couronne du vainqueur.

— Quel fortuné mortel! tout à la fois, l'amour et la gloire!

— Vous aimez donc ma scène de la peste? dit une voix qui me fit tressaillir...

J'avais reconnu celle d'Olivieri!

— Peste! nous l'aimons, répondirent en riant les artistes.

— Ah çà, maintenant que te voilà devenu grand seigneur, j'espère que tu vas nous inviter à souper chez le vieux.

— Nous sablerons son champagne en l'honneur de ton triomphe.

— Je le désirerais, mes chers amis, répondit Olivieri ; mais le vieux est un entêté qui ne veut jamais faire ce que je lui demande. Quant à ma maîtresse, elle est même jalouse de mes amis, elle m'obsède et m'accapare. Il faut être près d'elle à toutes heures du jour.

— Et même de la nuit, crièrent-ils en chœur.

— Surtout de la nuit! reprit Olivieri avec un sourire plein de réticences.

En entendant ce misérable mentir aussi effrontément, je fis un mouvement pour me lever : j'aurais voulu apparaître devant lui, le démasquer et l'écraser. Mais le sang afflua à ma poitrine, mes forces trop éprouvées m'abandonnèrent, mes jambes faiblirent, un nuage obscurcit mes yeux, et je tombai sans connaissance entre les bras de mon père.

Quand je revins à moi, j'étais dans ma chambre, sur un fauteuil. Mon père, assis à mes côtés, était très pâle et interrogeait le docteur qu'il avait fait appeler.

— Ce n'est rien, disait ce dernier : une grande surexcitation nerveuse jointe à de la fatigue. Il lui faut du repos. Après ses succès elle peut en prendre.

— Ah ! mon Dieu, si tes succès doivent te rendre malade, ma fille bien-aimée, j'aime mieux ne t'en voir jamais remporter !

« Il ignore tout, » pensai-je.

— Ce n'est rien, rien du tout, dis-je tout haut quelques instants après ; le bon docteur a raison : c'est l'émotion, c'est la joie... Maintenant je suis rétablie, je puis marcher.

Je désirais être seule, car je ne me sentais plus assez de force pour dissimuler les pensées qui m'agitaient. Je me dirigeai donc vers la porte, mais à peine avais-je soulevé la portière qu'Olivieri parut aussitôt; je reculai comme si j'avais eu un spectre devant les yeux.

— En rentrant, dit-il, j'ai su que vous étiez

souffrante et je viens chercher de vos nouvelles.

Je ne répondis point et je me mis à le considérer. Son visage était parfaitement calme.

—Suivez-moi, lui dis-je, après l'avoir fixé durant quelques secondes; j'ai à vous parler.

Et je sortis. Mon père et le docteur firent mine de me suivre, mais d'un geste je les priai de rester; Olivieri vint seul.

Quand nous fûmes dans l'atelier, je fermai la porte et, me tournant vers lui, je le toisai d'un regard plein de rage et de mépris.

— Misérable lâche! m'écriai-je.

— Comment!... Qu'est-ce ?... balbutia-t-il.

— Pas un mot... je sais tout!...

— Expliquez-moi du moins...

— Taisez-vous, interrompis-je d'une voix étranglée, cessez votre rôle de fourbe... M'obligerez-vous à vous apprendre que ce matin, à l'exposition, je vous ai vu, je vous ai entendu?...

— N'est-ce que cela?

Et, s'étalant sur un divan, Olivieri croisa les jambes et me regarda effrontément.

— Ah! ce n'est que cela! Eh bien, pour cela je vous chasse de chez moi.

— Vous me chassez? répéta-t-il avec un rire ironique.

— Ce n'est point suffisant de m'avoir injuriée; maintenant vous osez me braver.

— Je ne vous brave pas; mais, quand vous me chasseriez, pensez-vous que le monde ne croira pas que vous avez été ma maîtresse?

— Comment! malheureux, vous avez l'audace de me dire de telles choses en face! C'est une horrible calomnie!

— Avouez que cette calomnie a toutes les apparences de la vérité.

— Moi? votre maîtresse!... Allons, monsieur Olivieri, vous oubliez qui vous êtes, et à qui vous parlez!

— La colère vous rend charmante... Vrai, cela vous sied à merveille!

— Sortez! m'écriai-je; et d'un geste impérieux je lui désignai la porte, que j'allai ouvrir.

— Vous y tenez donc? répondit-il en riant.

— Sortez! Sortez, ou je vous fais jeter dans la rue.

— A vous entendre, on ne se douterait pas que c'est vous qui m'avez fait venir ici.

— C'est moi qui vous en chasse maintenant, puisque vous êtes un lâche qui vous êtes joué de mon amitié pour me voler ma gloire et flétrir ma réputation ; mais attendez, je saurai faire éclater la vérité, et ceux qui vous admirent ne tarderont pas à vous traiter d'imposteur.

— Vous êtes folle, chère amie ; d'abord, personne ne vous croira. Cependant, supposons que vos dires obtiennent quelque crédit ; n'ai-je pas une preuve écrite pour vous démentir ?

— Et quelle preuve, s'il vous plaît ?

— Cette lettre dans laquelle vous me priez, vous me suppliez de venir habiter sous votre toit. C'est sans doute l'amitié qui l'a dictée ; mais, en la lisant, on pourra affirmer que l'amour lui donnait la main. Tiens... vous pâlissez... vous êtes convertie... Eh bien, signons la paix : j'ai bon caractère, vous aussi ; oublions réciproquement nos torts. Ce que vous avez de mieux à faire, c'est de continuer à vivre comme auparavant...

Puis, s'étant rapproché de moi, le misérable ajouta :

— Aux yeux du monde, vous êtes déshonorée. Puisque vous devez supporter les humiliations du déshonneur, ayez-en au moins les jouissances. Inutile de vous révolter ; c'est la fatalité qui l'aura voulu.

Et en même temps je sentis qu'on m'enlaçait la taille. Ne sachant plus si je rêvais ou si j'étais éveillée, je reculai épouvantée. Olivieri était près de moi, un rictus singulier contractait ses lèvres et ses yeux brillaient étrangement. Tout à coup, il s'avança, et, me saisissant alors par le cou, il chercha à rapprocher ma tête de la sienne. La secousse que je lui imprimai en voulant me dégager de ses étreintes fut si forte, qu'il trébucha contre le pied d'un meuble et fut renversé à terre ; je courus aussitôt me suspendre à la sonnette et je me mis à crier. Mon père accompagné de tous les domestiques arriva.

— Qu'y a-t-il ?

— Il y a que je chasse de chez moi ce misérable, qui, non content d'avoir flétri mon nom, a tenté de commettre un autre outrage.

Olivieri s'était relevé, mon père lui sauta à la gorge, et il l'aurait certainement étranglé si les domestiques ne l'en eussent empêché.

— Laissez-moi le tuer! hurlait-il avec des cris rauques.

Et il repoussait ses gens ; dans cette lutte, à un certain moment, Olivieri, étant parvenu à se débarrasser, se sauva.

Tout ce qui lui appartenait lui fut renvoyé, et de ce jour-là nous ne le revîmes plus.

CHAPITRE CINQUIÈME

Pendant plusieurs semaines il me fut impossible de toucher à mes pinceaux; toutes mes ébauches me rappelaient des souvenirs trop récents et trop douloureux. La cruelle épreuve que j'avais traversée m'avait inspiré un dégoût tel, que seul l'instinct me faisait vivre; mon esprit, continuellement absorbé par de tristes pensées, ne me permettait pas de me rendre compte de ce qui se passait autour de moi.

Un jour, j'étais restée rêveuse à la fenêtre, considérant d'un œil distrait les nuages floconneux qui glissaient à l'horizon, lorsque le domestique m'apporta un paquet cacheté.

L'ayant aussitôt ouvert, j'y trouvai un petit flacon en émail et une lettre dans laquelle je lus ce qui va suivre :

« Mademoiselle,

» Lorsque je vous ai quittée, je n'ai pu vous laisser aucun souvenir. Il est toujours temps de réparer une faute : je vous envoie ce flacon, gardez-le. Il contient la délivrance de toutes les douleurs, l'oubli de tous les chagrins : un poison, un poison qui procure une mort douce et sans souffrance. Vous avez voulu ma perte, moi je veux votre bonheur; c'est pour cela que je vous fais ce cadeau. Vous vous en servirez, soit aujourd'hui, soit plus tard; en tous cas, un moment viendra où vous serez heureuse de l'avoir. Vous pourrez alors me rendre cette justice, c'est que, si j'ai causé le mal, j'ai su envoyer le remède.

» GIACOMO OLIVIERI. »

— Démon! m'écriai-je, en froissant le papier entre mes mains. Cet être maudit a donc juré ma mort? il ne lui suffit pas d'avoir

brisé mon cœur, d'avoir anéanti mes espérances et flétri mon nom, il lui faut ma vie!
De quelle boue est-il pétri, cet homme?... Ah!
je comprends : il veut que je me tue; moi
morte, il pourrait dire plus facilement que j'ai
été sa maîtresse. Qu'ai-je fait pour être si
malheureuse?

Y a-t-il un Dieu, ou suis-je simplement le
jouet d'une fatale destinée? Et pourquoi faut-
il qu'à l'instant où je voudrais quitter ce monde,
le moyen m'en soit donné par Olivieri !

Non! il ne sera pas dit que j'aurai déserté
la lutte. Aurais-je déjà tant souffert pour
mourir si tôt !... Je ne le veux pas. Dans le
combat de la vie on est frappé, mais on frappe
à son tour ; on tombe pour se relever plus fier,
plus courageux, plus fort...

Mais pourquoi lutter? Que faire maintenant? Qui croire? A qui raconter mes joies?
A qui confier mes chagrins? Qui saurait les
comprendre? L'amour aveugle d'un père ne
suffira jamais pour me consoler ; désormais
personne ne pourra combler le vide de mon
âme ; la mort est mille fois préférable à l'exis-

tence. Elle a pitié de moi, elle vient elle-même, elle me tend les bras, elle m'appelle, et je la repousse... Folie !...

O Mort, qui es enfermée là, tu m'apparais belle et souriante ! Que m'importe la main qui te montre à mes yeux désenchantés ! Pour toi, j'oublie tout. amour, haine, vengeance. N'estu pas la rédemption, la délivrance ?... Oui ! Mort ! prends un linceul et donne-moi un baiser !

J'approchais le flacon de mes lèvres... j'allais boire, quand le domestique entra, m'apportant un nouveau pli. Cette irruption soudaine d'une personne étrangère m'arrêta dans l'exécution de mon projet : les petites causes produisent les grands effets. Je posai le flacon ; et poussée par la curiosité, instinctive chez la femme, je m'emparai de la lettre. Elle était signée : « Princesse Elsie Wolowska. » Que pouvait-elle me demander, la belle Russe ?

« Ma bien chère enfant, disait-elle, il y a di- manche, chez moi, une vente de charité au profit des jeunes aveugles. Tous mes amis y contribuent par un don ; vous, si bonne, si

6

généreuse, vous ne me refuserez pas une offrande. Un petit croquis de vous aura bien plus de valeur que tous les objets que l'on m'a envoyés. Cherchez un dessin dans vos cartons et venez le vendre vous-même ; vous ferez une bonne œuvre dont votre amie vous sera reconnaissante. »

Depuis ma rupture avec Olivieri, j'avais à peu près renoncé à aller dans le monde, et ce n'était pas sans raison.

Chaque fois que j'avais tenu à assister à une réunion quelconque, je n'avais pas été sans remarquer le vide qui se faisait autour de moi.

Mon entrée dans un salon provoquait des regards curieux et quelquefois insolents. On chuchotait tout bas. Quand par hasard je m'approchais d'une de mes amies et que je commençais une conversation avec elle, ses parents aussitôt inventaient un prétexte pour la rappeler auprès d'eux. Les femmes affectaient de m'éviter et voulaient ne point en avoir l'air. Seuls les hommes m'abordaient et paraissaient prendre plaisir à me parler et à m'observer ; il y avait même dans leurs politesses et dans leurs paroles une espèce de galanterie et de laisser-aller qui, bien qu'étant des plus corrects, ne manquaient pas de me gêner.

Je devinais que l'aventure avait fait du bruit. Soit qu'Olivieri lui-même, soit que les domestiques eussent cancané, le scandale était connu, et j'en subissais les cruelles conséquences.

Cette mise à l'index, de la part de gens qui, peut-être, me jugeaient coupable, me faisait horriblement souffrir ; aussi étais-je décidée à rompre désormais toutes mes relations et à vivre seule. Cependant, comme il s'agissait là d'une bonne action, je résolus d'accepter l'invitation de la princesse.

— Allons, il me reste encore à faire du bien à des malheureux, pensai-je ; soulageons d'abord la misère des autres, c'est le plus simple pour ne plus songer à la mienne.

Et pour la première fois, depuis la catastrophe, j'allai dans mon atelier.

Que de souvenirs doux et pénibles contenait cette vaste pièce ! Ces visages que mon pinceau avait placés sur la toile semblaient se

tourner vers moi pour me dire : « Qu'est devenue celle qui nous a créés ? Où est la main
qui nous a animés ? »

Remplie d'émotion, j'ouvris mes cartons.
Il ne s'y trouvait rien de bon pour la vente ;
c'étaient des études d'après nature. Il me vint
à la pensée de chercher les premières ébauches
que j'avais faites à Bellevue. A mesure que je
regardais ces essais de ma jeunesse, mon cœur
se gonflait et mes yeux s'humectaient de
larmes.... Quel changement s'était opéré en
moi depuis ce temps du jeune âge ! Que
n'aurais-je pas donné pour jouir encore pendant quelques heures de la vie heureuse et
paisible d'autrefois ? Ah ! c'est que l'âme se-
reine de l'enfant d'alors se reflétait tout entière
dans ces traits de crayon tracés sans expé-
rience, avec enthousiasme. Ils laissaient deviner la pureté, la confiance en soi-même, les
illusions qu'ont tous ceux qui n'ont vu que
quinze fois les roses s'épanouir et s'effeuiller.

En fouillant ces œuvres primitives, je fus
frappée par la vue d'un fusain. Il représentait
les bords du lac de Valnix au crépuscule.

Les rayons du soleil couchant filtraient à travers les buissons et venaient se réfléchir dans la surface unie de l'eau, d'où, çà et là, émergeaient les pâles fleurs des nénuphars. Dans le lointain, un voyageur semblait contempler l'horizon empourpré. Cela était simple et vrai.

Je regardai longtemps ce dessin, puis ma vue se troubla, et, songeant avec regret au passé, je répandis d'abondantes larmes.

— J'emporterai ceci, me dis-je ; c'est la dernière œuvre signée de moi que le monde verra. Qui sait si, parmi ces gens futiles, quelqu'un saura l'apprécier ?... Peut-être cette mystérieuse profondeur de la lumière du soleil couchant restera-t-elle toujours cachée aux hommes comme ma douleur... Qu'importe !

Et avant de quitter l'atelier, je pris encore une peinture à l'huile : *Un Dîner sous Louis XV.*

Le dimanche fixé, j'étais chez la princesse Wolowska. La vente avait lieu dans la galerie ; j'y choisis une place afin d'y mettre mon tableau dans un bon jour. Je devais avoir l'air bien souffrante et bien faible, car Elsie, qui

avait l'habitude de causer avec les gens sans
les regarder, parut, dès qu'elle m'aperçut,
alarmée de l'état de ma santé. Elle me re-
mercia d'être venue et attribua ma pâleur à
un excès de fatigue causé par le travail.

Une foule énorme encombrait les appartements et la galerie emplie d'objets et d'œuvres
de tous genres.

Devant leurs petits étalages, les dames ven-
deuses, en toilettes éclatantes, faisaient l'ar-
ticle et essayaient d'attirer les clients. C'était
un spectacle à la fois bizarre et intéressant.

Je priai Elsie de vouloir bien me dire à quel
prix elle désirait que je cédasse le tableau ;
elle répondit : « 3,000 francs ». Cela me sembla
exagéré, mais, Elsie ayant insisté, je promis
de me conformer à ses instructions. Le *Dîner
sous Louis XV* fut universellement admiré, on
me félicita beaucoup ; en revanche, on ne jeta
même pas les yeux sur le fusain.

— Pauvre petit rayon d'une âme de quinze
ans, pensai-je, personne ne te veut ; tu es trop
simple, trop naïf pour que l'on t'apprécie.

Comme une fleur des champs tombée dans une serre au milieu des plantes extraordinaires, on t'étouffe et t'écrase sans pitié ; on méprise ta beauté.

Plusieurs acheteurs, en effet, me demandèrent le prix de la toile, personne ne m'interrogea sur la valeur du dessin. J'étais demeurée assise, regardant avec indifférence cette masse qui passait, quand une violente émotion me fit sortir de mon quiétisme. Un jeune homme était devant moi, et, avec deux grands yeux bleus que j'avais déjà vus au bal d'Elsie, il me fixait attentivement.

— Combien vaut cette esquisse ? demanda-t-il en prenant le fusain.

— 200 francs.

— Et ce tableau ?

— 3,000.

— Donnez-moi ce dessin, mademoiselle, dit-il en me tendant un billet de cinq cents francs, et gardez le surplus pour les pauvres ; car je ne saurais trop payer ces quelques traits de crayon qui me rappellent un coin du pays où j'ai passé ma jeunesse.

— Comment, monsieur, fis-je étonnée, vous connaissez Valnix?

— J'y ai vécu.

— Ah! vous connaissez le lac, nos montagnes couvertes de genêts, et la petite chapelle sur le sommet de la colline, et la grande voûte des peupliers qui mène à la cascade?...

— Oui, mademoiselle, je connais tout cela...

— Tout?... même l'allée qui conduit à Bellevue?

— J'y suis resté de longues heures à méditer.

— Et les ruines du vieux château?

— Ah! combien de fois m'y suis-je laissé surprendre par la nuit!

A mesure que le jeune homme parlait de ces endroits chéris, ma poitrine se dilatait et une joie inexprimable pénétrait dans mon cœur. Quelle singulière chose que cette affection qu'on éprouve pour les quelques hectares de terre qui vous ont vu naître! Par quel phénomène étrange l'homme ressent-il un attachement si profond, si enraciné pour les lieux où il a grandi? Universellement on constate ce fait : l'homme aime la maison qui l'a abrité en son entrée dans le monde, fût-ce un palais, fût-ce une chaumière.

Le misérable le plus endurci, le plus avili, comme le génie le plus élevé et le plus illustre, le premier dont tous les bons sentiments ont été étouffés par le vice, le second qui a été enivré par la folie orgueilleuse des humains : tous deux sentent quelque chose de nouveau s'éveiller en eux, à la pensée de ce pays, berceau de leurs premières années.

Devant les pierres de la maison qui leur rappelle leur enfance, celui-ci oublie ses crimes, celui-là ses grandeurs, pour ne se souvenir que du temps où, leurs deux petites mains jointes, ils répétaient la prière que leur apprenaient leurs mères, du temps où ils sautaient sur les genoux du grand-père et où l'on couvrait de baisers leurs fronts innocents.

C'est surtout au retour d'un long voyage que l'homme sent la grande place qu'occupe dans son cœur le pays où pour la première fois il a vu se lever le soleil.

Si, en effet, à l'étranger, nous restons charmés devant les palais et les monuments

antiques ou modernes, lorsque nous sommes
de retour, le toit de la maison paternelle, le
tilleul sous lequel nous avons joué, la vue
seule du grand fauteuil où s'est assis un père
ou une mère que nous adorions, tout cela
nous émeut dix fois plus que les grandes
merveilles de l'art.

Lorsque nous visitons des contrées éloi-
gnées, nous nous attachons particulièrement
à ce qui est la cause de la grandeur ou de la
décadence d'un peuple ; nous étudions ses
mœurs, cherchons ses défauts, apprécions
ses qualités et considérons avec intérêt ses
travaux. Ici, c'est une nation qui a vécu : il
ne reste plus que les vestiges d'une civilisation qui avait atteint son apogée ; là, c'est un
peuple qui va naître : tout s'agite, une fièvre
ardente semble dévorer ces hommes qui
veulent arriver jusqu'au degré de civilisation
perdu par les autres. Mais soit que nous
regardions les ruines gigantesques des temps
passés, soit que nous examinions curieuse-
ment les œuvres de notre époque, nous trou-
vons ces choses magnifiques, souvent même

nous nous laissons entraîner à des considéra-
tions philosophiques sur la puissance et le
génie de l'homme ; mais aucune douce émotion ne nous saisit. Cela est grandiose, c'est
très beau, disons-nous en passant, et tout
s'arrête là. Enfin, pour mieux rendre ma
pensée : à l'étranger tout parle à l'esprit, rien
ne parle au cœur.

Dans le pays natal, au contraire, chaque
pierre, chaque route, chaque arbre, la brise
elle-même nous apporte un souvenir ; nous
écoutons en frissonnant les sifflements du
vent qui s'engouffre à travers le feuillage des
hauts peupliers qui nous ont vu grandir, et
nous avons peur comme au jeune âge.

Quand nous revoyons ce pays, quand nous
en parlons, nous n'éprouvons ni étonnement
ni admiration, mais un tout autre sentiment
s'empare de notre âme. Un désir ardent se
réveille en nous et nous envahit : nous voudrions retourner tout à coup vers ce temps de
l'enfance ; nous voudrions revoir les personnes qui nous étaient si chères, ressentir
encore les premières émotions. Aussi notre

âme s'élève-t-elle vers des régions inconnues
et demeurons-nous plongés dans une médita-
tion si profonde, que, le champ étant laissé
ouvert à notre imagination, ce que la destinée
a pu avoir de cruel, d'amer ou de glorieux
pour nous depuis ce temps, se couvre d'un
voile. Tout s'efface ! Tout disparaît !

Subitement redevenue libre comme dans
notre enfance, notre poitrine, tout à l'heure
oppressée, respire avec délice, nous répan-
dons ces larmes qui soulagent ; et encore une
fois nous sommes jeunes, encore une fois
nous sommes heureux !...

Je l'ai dit, j'éprouvais ces sentiments, lorsque, me rappelant la phrase du Dante : *Non
v'ha maggior dolore che ricordarsi del tempo
felice nella miseria*, je poussai un douloureux
soupir.

A ce moment Abramowitch vint me saluer.
L'inconnu s'approcha de lui :

— Mon cher, demanda-t-il, puisque vous
connaissez mademoiselle, voulez-vous me faire
l'honneur de me présenter ?

Abramowitch sourit.

— Avec plaisir, répondit-il. Mademoiselle Myrtille d'Hérimières, permettez-moi de vous présenter un de mes bons amis, M. André de Laval, un charmant garçon doublé d'un homme sérieux. Et, se tournant vers l'acquéreur du fusain, il ajouta : Es-tu satisfait ?

Nous causâmes tous les trois quelques instants ; puis, après m'avoir acheté un dessin, Abramowitch s'éloigna.

— Quittez votre petit étalage, me dit alors M. de Laval, et venez dans un endroit où nous pourrons causer plus à l'aise.

Il me prit par la main ; je le laissai faire et il me conduisit dans le boudoir de la princesse. Pendant ces quelques secondes, je l'observais ; c'était un grand jeune homme pâle et mis avec élégance ; sa barbe et ses cheveux bruns faisaient ressortir ses yeux d'un bleu très clair, à la paupière légèrement tombante. Ses mains étaient petites et blanches, mais je remarquai que ses pouces avaient une forme bizarre : la première phalange était longue et mince et la seconde était courte, épaisse et aplatie. Cette particularité insignifiante me déplut énormément et m'inspira une sorte de frayeur. « Si j'étais chiromancienne, pensais-je, je dirais qu'il a la main tendre et le pouce féroce. » Depuis, j'ai appris que ce signe dénotait une raison et une volonté étonnantes, en même temps qu'une violence qui rend extrême en tout ; en un mot, c'est le pouce des passionnés.

Doué d'un joli organe, ce jeune homme parlait bien et ne se reprenait point dans ses discours ; mais comme il avait toujours la même inflexion dans le ton, sa voix, quoique très douce, finissait par devenir monotone. Sa démarche assurée et un peu fière semblait marquer une certaine suffisance ; néanmoins sa grâce et son affabilité devaient le faire trouver charmant dans le monde.

— Vous ne me connaissez pas, mademoiselle, dit-il en s'asseyant près de moi sur une causeuse ; mais moi je vous connais depuis le jour où vous êtes venue chez la princesse, et puisque aujourd'hui vous paraissez souffrir, j'ai sollicité cet entretien pour vous distraire, ou pour vous consoler.

— Qui donc, monsieur, a pu vous dire que je souffrais ? Et dans le cas où cela serait, qui êtes-vous pour demander à jouer auprès de moi le rôle de consolateur ?

— Mademoiselle, Abramowitch vous l'a dit, je suis André de Laval, descendant de la vieille famille bretonne dont peut-être vous avez entendu parler chez la princesse. Actuellement je vis des rentes que me fait mon père, et en ce moment je pense à vous...

— Cette dernière phrase était inutile.

— Voilà qui je suis ; maintenant vous tenez à savoir qui m'a révélé vos souffrances ? Eh ! mademoiselle, il est de ces choses qu'on devine, qu'on pressent lorsqu'on se trouve en présence d'un être vers lequel on est attiré invinciblement...

— Mais, monsieur, je ne vous ai point autorisé...

— Rassurez-vous, mademoiselle, je ne veux pas vous faire la cour ; toutefois, permettez-moi de le dire, lorsqu'une femme d'une intelligence comme la vôtre passe dans ce monde banal et léger, elle étonne, elle frappe, elle fascine,

et ceux qui ont été capables de la comprendre
et de l'apprécier se trouvent autorisés à devenir de ses amis. Est-ce de ma faute si votre
esprit se traduit dans vos paroles et dans vos
moindres actions? Ce que je dis là, je le pense,
d'ailleurs; je ne veux pas vous flatter. Si vous
le permettez, vous allez en juger.

— Je vous permets, dites; je vous en prie.

— Eh bien! vous avez de l'esprit, du talent,
vous êtes jolie, et de tous ces dons précieux
que la nature vous a départis, que faites-
vous? Vous prenez plaisir à les détruire, vous
vous appliquez à changer votre personne
comme votre cœur...

— Ah!

— Je le sais! Laissez donc agir la nature,
vous ne sauriez jamais l'égaler, et en voulant
modifier son œuvre, vous masquerez les tré-
sors qu'elle vous a confiés et vous serez malheureuse. Vous vous profanez dans un milieu
qui n'est point à la hauteur de vos facultés et
de vos talents, dans un monde vicieux et corrompu. Pour courir après une gloire éphé-
mère, vous étouffez ce qu'il y a de plus beau

en vous : croyante, vous vous faites sceptique ;
sensible, vous vous faites indifférente ; innocente, vous affichez des allures émancipées.
Tout cela pour qu'on dise : « C'est une artiste. » Et après, que vous reste-t-il? Votre
nom répété de bouche en bouche, une célé-
brité momentanée, et les hommages sans
conséquence de jeunes sots ou les compliments ordinaires de vieux blasés. Cela com-
ble-t-il le vide de votre cœur? Ne sentez-vous
pas que c'est faux, emprunté? Est-ce là le but
auquel doit tendre une femme de votre.... ?

— Assez, assez! Oh! oui, c'est vrai ; mais
ne me torturez pas.

— Tout cependant n'est pas fini pour vous !
Malgré la triste réputation qu'on s'est plu à
vous faire, j'ai toujours soutenu que vous
étiez bonne et vertueuse; mais, croyez-moi,
ajouta-t-il en me prenant affectueusement les
mains, renoncez au genre de vie que vous
menez, car c'est dans l'abîme du désespoir que
vous courez vous précipiter. D'où vous
viennent déjà ce profond dégoût, ce chagrin
peints sur votre visage d'enfant? Est-ce à

7

vingt ans que l'on doit se désoler? Est-ce au
début de la vie qu'on a le droit d'étouffer les
plus nobles aspirations de son âme, de perdre
les plus belles qualités de son esprit, par la
raison qu'on a commencé par ne pas savoir se
diriger? Quand on s'est trompé de route, on
revient en arrière, et après avoir retrouvé le
bon chemin, on y rentre. Ah! je ne suis plus
galant, et il vous paraît étrange que, moi, que
vous ne connaissez pas, j'ose ainsi fouiller
votre cœur et, déchirant le voile qui le couvre,
vous le montrer avec ses blessures. Ne me
gardez pas rancune de cette franchise : si je
vous parle ainsi, c'est parce que j'ai deviné ce
qui vous opprime, parce que j'ai souffert de
votre souffrance... Ah! je voudrais pouvoir
vous faire lire mes pensées : vous seriez per-
suadée que j'ai de vous une très haute opinion, que je vous regarde comme la plus pure,
la plus sainte de toutes les jeunes filles...

— Dites-vous vrai ? demandai-je d'une voix
oppressée par les sanglots; dites, dites-moi
encore que vous, vous ne me méprisez pas, et
que vous avez pitié de moi !...

— Devant Dieu, je jure que vous êtes un ange ; d'ailleurs, qui ne le croirait en vous voyant en cet état ? répondit-il ; puis, d'un geste rapide, il passa un foulard de soie sur mes yeux humectés de larmes et, m'ayant fait signe de reprendre mes sens, il se leva, marcha vers la princesse qui soulevait la portière du boudoir, et d'une voix parfaitement calme, mais absolument différente de celle que j'avais entendue, il dit :

— Eh bien! princesse, avez-vous fait une bonne recette?...

— Une recette folle, mon cher : vingt-cinq mille francs en tout. C'est inouï!... Pour mon compte personnel, j'ai encaissé 4,520 francs ; j'ai vendu une table en ébène garnie de bronze 800 francs, un éventail 350 francs, un porte-cartes en ivoire avec un médaillon miniature 280 francs. C'était pour rien, n'est-ce pas?

— Oh! absolument pour rien, puisque ces objets vous avaient appartenu.

— Écoutez, et ne me faites pas la cour, interrompit Elsie en frappant le parquet de son petit talon.

— Je ne vous la fais pas, je n'ai même pas envie de vous la faire, répondit André en se croisant les bras.

— Ah! que vous êtes impertinent aujourd'hui! Eh bien, vous ne savez pas le plus joli...

— Voyons le plus joli?

— Figurez-vous que j'ai vendu le collier de Friska pour..... Devinez?

— Un baiser au capitaine!

— Méchant! pourquoi vous amusez-vous à me faire de la peine? répondit Elsie en faisant la moue. Un baiser au capitaine ?... Mais qui est-ce qui vous a dit que j'embrassais le capitaine?

— Vous voyez bien, c'est vrai.

Et André éclata de rire.

— Pas du tout, vous vous trompez. D'ailleurs, le capitaine est un ami d'enfance.

— Naturellement; j'allais vous le dire : c'est un ami d'enfance, et ajoutez : que vous considérez comme un frère; c'est la suite indispensable et obligatoire!

— Vous voulez donc absolument me faire pleurer, que vous me taquinez ainsi?

— Je m'en garderais bien, j'ai trop peur du capitaine.

— Eh bien, vous saurez que j'ai vendu le collier de Friska 2,000 francs à un Américain qui, lui, est très poli et très galant avec les dames..... Entendez-vous ?

— C'est un Américain phénomène, il faut le montrer.

— Avec toutes vos sottises vous m'avez fait oublier que je venais annoncer à Myrtille que son tableau avait été acquis par un banquier.

— A quel prix ? interrogeai-je.

— Trois mille francs, comme je l'avais dit. C'est nous, ma chère, qui toutes deux avons fait les plus fortes recettes. Adieu, on m'attend, je me sauve...

André sourit en la regardant sortir.

— Quelle folle ! murmura-t-il.

Puis, revenant auprès de moi, il prit la voix douce et persuasive de notre première conversation :

— Est-ce là un monde pour vous, et n'ai-je pas raison ?

— Ah ! je vous connais à peine et, je l'avoue,

vous avez su lire dans mon cœur, vous avez scruté mes pensées les plus intimes. Oui, je n'aime pas ce monde et je veux me tuer.....

André recula la tête, mais je continuai :

— Parce que je suis malheureuse et désespérée. Je n'ai pas commis de faute, et pourtant il n'est pas, vis-à-vis ce monde cruel, de rédemption pour moi ; puisque vous avez eu pitié de mes souffrances et que vous avez essayé de les soulager, écoutez-moi.

Je lui racontai l'histoire d'Olivieri.

— Le misérable ! s'écria-t-il lorsque j'eus terminé.

— Ne suis-je pas marquée par un sceau fatal, dites-moi, pour avoir enduré de pareilles tortures, et ne vaut-il pas mieux mourir tout de suite?...

— Mourir? vous !..... à votre âge!... Et votre père? Avez-vous le droit, auriez-vous le triste courage de le châtier si cruellement de son immense amour pour vous?... Mourir... Vous tuer!... Ah! ne prononcez pas cet horrible blasphème!... N'y a-t-il pas d'autres malheureux que vous, sur la terre? Combien de vieil-

lards accablés d'infirmités, combien de gens
plongés dans la plus affreuse misère sup-
portent la vie, non pour eux, mais pour ceux
qui les entourent!

— Oui! mais ceux-là peuvent passer dans les
rues, sans se sentir outragés; ils n'ont pas à
affronter les regards obliques, les chuchotements injurieux; ils sont à l'abri de l'insulte;
on les plaint, on ne les méprise pas.....

— Et vous! n'avez-vous pas le droit de
marcher la tête haute? Qu'avez-vous fait qui
vous force à rougir? N'êtes-vous pas innocente?

— Vous le savez, mais les hommes ont leurs
jugements.

— Que vous importe, si votre conscience ne
vous juge pas? Vivez pour elle et non pour les
hommes..... Quittez cette société calomnia-
trice, quittez Paris, cherchez dans la campagne
et la solitude le bonheur que vous n'avez pu
trouver ici.

— Non! je n'irai pas comme une pécheresse
repentie cacher derrière les murs d'un couvent
mon désespoir et mes larmes. Ce n'est pas en
faisant brûler des cierges devant un autel que

je retrouverai la paix. D'abord, j'ai perdu la foi, je ne crois à rien!...

— Vous ne croyez à rien ! pas même à Dieu?

— Pas même à Dieu.

— Je ne sais vraiment pas comment une femme d'esprit peut nier l'existence de Dieu. Si je ne craignais pas de manquer de politesse à votre égard, je vous dirais que les femmes ne réfléchissent pas.

— Cependant, si vous refusez aux femmes le don de réfléchir, vous l'accordez aux hommes, et je vous ferai remarquer que, s'il s'est trouvé des philosophes pour affirmer l'existence de Dieu, certains l'ont niée.

— Vous me citerez un nom des uns contre dix des autres; et quel est celui d'entre eux qui n'a pas cru à la nature, cette religion véritablement pure et universelle, la seule qui n'émane pas des hommes, mais véritablement de Dieu? Voltaire lui-même, regardant le soleil se lever sur les montagnes du Jura, n'a-t-il pas crié : « Dieu puissant, je crois en toi! »

— C'était par ironie!

— Il l'a dit après; mais je suppose que ce

jour-là son grand esprit s'était engourdi et que son cœur, emporté dans un mouvement aussi prompt qu'irréfléchi, avait laissé échapper ce cri de vérité.....

— Et moi, je ne le suppose pas, murmurai-je en esquissant un sourire.

— Eh! mademoiselle, sans chercher les preuves métaphysiques pour vous convaincre, sans faire de la haute philosophie, tout ne prouve-t-il pas Dieu, en nous, hors de nous? Le jour, ne voyez-vous pas à la surface de la terre une infinité de merveilles? Autour de nous, la vie ne nous apparaît-elle pas sous toutes ses formes? Enfin la nuit, ce spectacle du ciel étincelant qui se déroule au-dessus de nos têtes et où notre regard se perd au milieu des mondes, n'est-il pas une preuve suffisante? Une intelligence vraie ne peut admirer les beautés de la création sans admettre le créateur. Pour vous prouver l'existence de Dieu, comme Newton, en vous indiquant le ciel, je dirai : « Voyez. »

— Vos mondes sortis du chaos, au bouleversement général sont tombés dans l'espace et, de même que le hasard a réuni des atomes crochus pour former les hommes, les animaux et les plantes, de même les planètes, sollicitées par hasard les unes vers les autres, ont pris différents mouvements suivant les diverses attractions auxquelles elles étaient soumises; naturellement, depuis, elles ont continué leur marche!..... Vous, savants, vous appelez cela la gravitation universelle, mais je ne vois pas là une preuve de l'existence de Dieu.

— Il est déplorable d'entendre un semblable aphorisme dans la bouche d'une jeune fille élevée au sein de la civilisation et ayant reçu une instruction soignée... Je vous excuserais si vous étiez une femme du peuple. Le peuple ignore beaucoup de choses, parce qu'on l'abuse ou on le trompe. Les prêtres, les politiques et les législateurs exploitent à leur profit les sentiments religieux. Ceux-ci prêchent la foi, ceux-là l'athéisme, les derniers ordonnent l'une ou commandent l'autre. De chaque côté on développe des doctrines absurdes; alors en Europe, surtout en France, le peuple, qui est intelligent, s'aperçoit qu'il est joué et abandonne la religion. Quelques-uns le font par bravade, beaucoup parce que les théologiens et les conférenciers les ennuient. Au contraire, chez les tribus les plus sauvages, l'athéisme complet, s'il se rencontre, est une anomalie. En effet, mademoiselle, Dieu est la cause et la fin de tout... Mais j'admets pour un instant vos idées. Ce chaos, qui l'a engendré?

— Oubliez-vous que la matière est éternelle?

— Je vous concède encore l'éternité de la matière; mais ce bouleversement dans l'univers, qui l'a produit? Il n'y a pas de mouvement sans force : quelle est la force?

— La Nature! Le Hasard!

— Nommez-le Dieu, Allah, Jéhovah, Être suprême, Déesse raison, Nature ou Hasard, peu importe; vous avouez un être au-dessus de vous. Moi, je l'appelle Dieu; vous, Hasard. Voilà un hasard qui a la force de bouleverser le chaos et le bon esprit de réunir des atomes crochus pour former l'homme : il est aussi puissant qu'intelligent... Soyez généreuse... Accordez-lui le titre de Dieu...

— Vous raisonnez si bien, qu'on croirait assister à un cours de philosophie.

— Raillez-moi, si bon vous semble ; vous ne m'empêcherez pas de proclamer que Dieu existe et qu'il se manifeste non seulement dans le monde physique, mais encore dans le monde moral.... Le bien et le beau n'excitent-ils pas en nous la même admiration, les mêmes transports que le spectacle de la nature ?... Il y a dans la vie des moments où nous nous sentons transfigurés par l'idée du bien. A ces heures-là chacun se croit capable des plus grandes actions. Notre âme s'élève. Devant le sublime naturel ou idéal, elle n'est plus qu'amour, foi et charité. N'est-ce pas là un reflet de l'intelligence et de la beauté divines de l'homme? Croyez-moi, mademoiselle, les agitations de la vie troublent en nous l'idée de Dieu, elles ne l'effacent pas ; quoi que nous fassions, le grand problème de la vie et de la mort nous tourmente et nous effraie. Il arrive toujours un instant où le philosophe le plus athée, le barbare le plus cruel, le misérable le plus vil rentre en lui-même et lève, en joignant les mains, son front vers le ciel. A ce moment la divinité méconnue reparaît à ses

yeux, l'âme s'attendrit et quitte la terre en
contemplant sans terreur l'infini, parce qu'elle
regarde Dieu, dernière pensée, dernier amour.
Et n'a-t-on pas vu récemment deux malheureux conduits au crime par leurs malsaines
doctrines se pardonner mutuellement avant
de monter sur l'échafaud ? Ceux-là n'étaient-
ils pas, à cette minute suprême, animés par
l'esprit et la divinité ? Oui, sans la foi,
l'homme n'a rien ici-bas qui l'attache à ses devoirs, et pour peu qu'il heurte sur son chemin
la pierre du désespoir, si la crainte de Dieu
n'arrête pas sa main, il ne trouve de consolation que dans le suicide : puis, quand la mort
approche, le rictus plisse ses lèvres, il rit ou
voudrait rire ; cependant, malgré lui, il
cherche une idée confuse, un soutien ; il voudrait repousser la grande impitoyable. Mais il
est trop tard, et quand cette cruelle le serre dans
ses bras décharnés, c'est à peine s'il a la force de
crier ces deux mots : « Dieu » et « pardon ! »...

Laissez-vous persuader, allez vivre au milieu de la grande nature... Quelle onction plus
douce et plus sainte y a-t-il pour un cœur

blessé que la vue de sa magnificence ? Où une
âme inquiète trouvera-t-elle un repos plus
assuré ? Là vous ne tarderez point à admettre
l'existence de Dieu et vous abandonnerez ce
simili-scepticisme qu'inconsciemment vous
affectez. La nature, dans ses sources infinies,
a des accents qui consolent, qui font croire et
aimer. Par ses attraits puissants, elle domine
nos sens et notre esprit ; dans une ineffable
volupté, elle fait vibrer les fibres les plus sen-
sibles de notre être, elle nous révèle des facultés précieuses et cachées jusqu'alors. Devant elle la raison grandit, le cœur s'épanouit,
l'âme s'élève ! Ah ! oui, chère mademoiselle,
quittez ce monde qui, derrière un masque d'or,
dissimule son horrible visage ; cessez cette vie
factice et fiévreuse ; qu'un souvenir de gloire
ou qu'un désir d'ambition ne vous retienne
pas ici : partez, partez vite !....

— Pourquoi me dites-vous tout cela ?

— Vous le saurez plus tard... Enfin, pro-
mettez-moi de partir.

— Oui... répondis-je comme me parlant à
moi-même, vous avez peut-être raison...

J'essaierai, je quitterai Paris ; mais j'y reviendrai, ne serait-ce que pour vous remercier.

— Non, n'y revenez point ; je ne veux vous revoir que si j'ai réussi à vous rendre le bonheur, sinon je veux rester pour vous un inconnu.

— Comment saurez-vous si je suis heureuse?

— Vous m'écrirez.

— Pour vous écrire, il faut au moins savoir où adresser la lettre.

— A M.'André de Laval, à Paris, poste restante.

— C'est bien, dis-je en me levant ; adieu et merci. Dans trois jours je serai partie.

— Au revoir, me répondit André, qui resta plongé dans une sorte de rêverie, tandis que je sortais du boudoir.

— Mon bon père, dis-je en rentrant, je suis malheureuse ici, j'ai besoin de revoir nos belles campagnes... Je voudrais retourner à Bellevue ; partons le plus vite possible, je t'en prie.

— Partons, mon enfant chérie, me répondit M. Hérimières, qui ne savait jamais résister lorsque je l'entourais de mes bras et l'embrassais en le câlinant.

Le surlendemain, nous avions quitté Paris.

CHAPITRE SIXIÈME

A notre arrivée à Valnix, tous les gens de la maison, ma tante à leur tête, étaient venus nous chercher au chemin de fer et avaient fêté le retour de la petite demoiselle en lui apportant d'immenses bouquets... Ma tante m'avait embrassée avec effusion et nous avions pris le chemin de la propriété.

Bellevue n'avait pas changé : c'était bien le même parterre de fleurs, la même charmille touffue ; les grands meubles du salon ne semblaient pas avoir vieilli et le gros chanoine sur son tableau, un peu plus encrassé, montrait toujours de ses deux doigts la boule brune. Au loin on apercevait, comme autrefois, les montagnes bleuâtres aux sommets

neigeux et les champs verdoyants. J'admirais
ce vaste panorama. « Il avait raison, pensais-
je, pourquoi résister à la nature? Pourquoi ne
pas obéir aux saines aspirations et céder aux
désirs inconstants d'une imagination tour-
mentée? Cette nature te comble de ses dons,
elle te convie, elle t'appelle, elle t'aime, et tu
refuserais de te laisser ravir dans cette extase!
Non! livre-toi, donne-toi tout entière à elle;
va, contemple-la, adore-la. Si sa beauté est une
ombre, si sa voix est mensonge, enfin si la
nature est illusion, alors meurs dans ton rêve
avant de t'être abreuvée à la source d'amour,
qui, elle aussi, doit contenir le poison des dé-
ceptions. Il est toujours temps de mourir.
André ne me l'a-t-il pas dit? »

Nous étions au mois d'avril. Les arbres se
couvraient de bourgeons et les plantes de
jeunes pousses, les abeilles aux ailes d'or
commençaient à butiner sur les fleurs, et les
oiseaux, gazouillant leur chanson d'amour,
voltigeaient de branche en branche emportant dans leur bec un brin de mousse ou un
fétu de paille; le soleil lui-même, paraissant

briller avec plus d'éclat, de ses rayons égayait le paysage.

Tout respirait la jeunesse et la vie. Je ne tardai pas à subir l'influence de ce beau printemps et j'occupai mes journées à regarder paître les moutons dans la prairie, à courir à travers les bois, à écouter d'une oreille attentive le chant de l'alouette et des fauvettes cachées dans les buissons, ou encore à remplir ma corbeillle de violettes et de fraises.

Cette existence au grand air rendait la quiétude à mon esprit et la santé à mon corps.

Le temps s'écoulait et je n'écrivais pas à André ! Non pas que l'ingratitude me l'eût fait oublier; au contraire, son souvenir revenait souvent à ma pensée, et c'était avec un profond sentiment de reconnaissance que je me répétais ses paroles. Mais comment aurais-je pu écrire ces mille petits riens qui composaient ma vie sans que cela parût fade ou insignifiant !... D'ailleurs, je dois le confesser, depuis ma fatale lettre à Olivieri, j'avais en horreur de prendre une plume; cependant plusieurs fois je m'étais efforcée de commencer une lettre pour André, jamais je n'avais eu le courage de la terminer.

Un jour, où j'avais fait une longue excursion dans la montagne, je grimpai très haut sur ses rochers presque dénudés; j'arrivai ainsi sur une plate-forme qui dominait un précipice et d'où le coup d'œil était féerique. Comme le village semblait petit auprès de ces masses granitiques! Les hommes que je distinguais au loin paraissaient des Lilliputiens! Quel horizon! quelle vastitude!

J'entendais clairement le son des cloches de l'église, le bêlement des brebis mêlé aux aboiements des chiens et aux cris des hommes de charrue; je ne pouvais m'empêcher d'être étonnée du contraste entre la vie qui régnait là-bas et le calme de cet endroit désert. Je m'approchai du ravin, et sur le bord je vis un petit arbuste fleuri au milieu des ronces, des genêts et des bruyères odorantes qui çà et là croissaient dans les anfractuosités du roc.

C'était un rosier sauvage. Par quel caprice du hasard ces fleurs délicates étaient-elles là? Nulle main humaine sans doute n'avait pris soin de l'arbre qui les portait !... Était-ce l'aile d'un ange qui, dans son vol rapide, effleurant le flanc escarpé de la montagne, les avait fait éclore? Était-ce ce Dieu dont André m'avait parlé, qui, dans sa prévoyance sublime, les avait placées là pour que, emblèmes d'innocence et de jeunesse, elles me rappelassent le temps où je croyais?

Qui pourrait le dire?

Je m'approchai religieusement de l'arbrisseau. Je cassai une branche et, ayant respiré le suave parfum qui s'échappait des blanches corolles, je l'embrassai et je l'emportai.

Un peu plus loin, en revenant, j'entrai dans une petite chapelle rustique. L'autel des plus simples sur lequel se dressait la statue de la Vierge était couvert d'ex-voto et des mille objets que les esprits crédules y avaient pieusement déposés.

« Combien de jeunes filles, pensais-je, combien de pauvres mères, espérant obtenir par un sacrifice le retour de leur fiancé ou la guérison de leur enfant malade, se sont dépouillées de leur unique bijou pour cette madone!

Est-il besoin, pour croire, de voir une image, et la foi véritable, est-ce celle qui fait suspendre des jouets autour d'une statuette?...

Enfants que nous sommes, nous sceptiques, qui voulons en savoir plus que les autres et blâmons leurs faiblesses, nous demeurons dans l'incertitude et nous souffrons !

Qu'ils sont heureux, au contraire, ceux qui croient en aveugles et qui apportent des offrandes sur les autels : ils ne doutent pas et ils espèrent ! O Dieu !.., O Créateur !... Être incompréhensible, prenez pitié de moi et donnez-moi la force de croire. Cette tête altière qui a refusé de se courber sous le joug de la foi implore pour se baisser humblement. Vous voyez devant vous une coupable qui a pensé avoir le droit de disposer de ses jours : pardonnez-lui ! Vous seul, qui donnez la vie, devez frapper par la mort. Je le comprends et je me repens ! O Dieu, pardonnez-moi ! »

La prophétie d'André était réalisée, j'étais vaincue. Je montai les marches de l'autel et, prenant le flacon homicide qui ne m'avait jamais quittée, d'une main soumise je l'attachai au poignet de la madone; puis je sortis de la chapelle et je descendis la montagne en courant. Il me semblait que je volais, tant mes pieds touchaient peu au sol.

A mon passage, les oiseaux effrayés se sauvaient des buissons et les écureuils grimpaient se cacher sous le feuillage des arbres nains qui étaient sur les flancs du mont; moi, je courais toujours à perdre haleine; mais, tout à coup, au détour de la route, ayant aperçu quelqu'un, je modérai ma course pour ne pas avoir l'air d'une folle. A ma vue, ce promeneur s'était arrêté, il me regardait... O miracle! mes yeux ne me trompaient-ils pas? Était-ce un rêve ou était-ce la réalité? Cet homme qui se présentait sur le chemin... c'était André. Je demeurais stupéfaite! Il s'avança vers moi d'un air triste.

— Vous ne m'avez pas écrit, dit-il; vous vous méfiez de moi : c'est très mal.

Comme je ne revenais pas de l'étonnement que m'avait causé cette rencontre imprévue, sans lui répondre je m'écriai :

— Vous ici!

— Oui, je suis venu visiter quelques propriétés que, comme vous le savez, ma famille possède dans le pays ; tenez, vous voyez d'ici ma maison.

Et il me montra de l'index une des fermes les plus considérables de Valnix.

— Et vous avez pensé à moi, oh ! c'est gentil, repris-je aussitôt avec empressement ; en bon docteur, vous avez voulu savoir si votre ordonnance avait réussi... Vous alliez à Bellevue, n'est-ce pas ? Venez, venez vite que je vous conduise à mon père : il sera ravi de vous voir !

André m'accompagna, il fit connaissance de toute la famille, et, dès que les premières politesses furent échangées, mon père lui demanda des nouvelles de la princesse.

— Hélas ! répondit André, ce que j'avais prévu est arrivé. Elle a dû se sauver en toute hâte, afin d'échapper aux suites redoutables d'une affaire frauduleuse dans laquelle elle s'était trouvée mêlée.

— Est-ce possible ? Comment, cette femme si aimable, si élégante ?....

— C'est la pure vérité.

Et André tira de sa poche un journal qui racontait l'histoire en détail.

André habitait à peu de distance de Belle-vue ; d'abord ses visites furent espacées, ensuite elles devinrent plus fréquentes, enfin il finit par venir tous les soirs. Il plaisait à chacun. En effet, il ne laissait jamais échapper l'occasion de parler politique avec mon père, il causait plantations et arboriculture avec un vieil ami de notre famille, M. Dévallet.

M. Dévallet était un homme âgé de quarante-deux ans, gros et trapu. Son visage était commun, mais il avait une expression de bonhomie qui attirait la confiance ; quant à sa démarche et à son aspect, ils étaient vulgaires, malgré les gilets éclatants que ce brave homme portait fièrement et les breloques de toute espèce qui pendaient à sa chaîne de montre.

Quoique très riche, il avait accepté les modestes fonctions de receveur d'impôts, pour avoir, comme il le disait, une position dans le monde. Tous les soirs il venait faire la partie de piquet, et il perdait régulièrement, parce qu'il était utile qu'il perdît ; autrement,

M. Hérimières, qui n'était pas bon joueur, se serait fâché. Il avait remplacé dans ses hono-rables fonctions de partenaire Mme Françoise, qui, elle, était d'une rigueur désolante pour les questions de jeu et que les fureurs de mon père n'empêchaient pas de mettre une obsti-nation marquée à bien jouer. M. Dévallet était donc l'instrument nécessaire de nos soirées et, quelque temps qu'il fît, il ne manquait ja-mais de venir à Bellevue.

Depuis mes chagrins, j'avais entièrement abandonné la peinture ; en recommençant à travailler, je craignais de retomber dans mon état fiévreux.

André me reprocha avec douceur l'apathie dans laquelle je me laissais vivre et il me con-seilla de reprendre le cours de mes études, sans pourtant trop me fatiguer.

— Vous n'avez pas le droit, dit-il, de perdre le talent que vous avez acquis. La première fois vous vous êtes trompée, maintenant ne tombez pas dans une autre exagération. Voyons, re-prenez vos pinceaux, et, si vous le voulez nous travaillerons ensemble.

André peignait bien, son école était pure et son goût fin ; mais, quoique son dessin fût très correct, ses œuvres manquaient de vie et ne produisaient point d'impression.... Je n'aimais pas son talent ; néanmoins j'acceptai tout de suite l'offre qu'il me faisait, et le lendemain nous nous emparâmes de nos chevalets.

Nous allions chercher dans la campagne des points de vue variés que nous reproduisions sur nos toiles et, le soir venu, nous montrions avec joie à mon père nos travaux de la journée. Ce fut pendant ces promenades que j'appréciai encore plus le caractère si élevé d'André. Ce fut alors que je compris tout ce qu'il y avait de noble grandeur, de délicatesse et de poésie dans son âme. Je ne parlerai pas des précautions et des soins discrets qu'il avait à mon égard ; mais comme il savait deviner mes sentiments, comme nous nous entendions dans nos idées ! J'étais heureuse d'avoir été comprise par un être à qui je reconnaissais une supériorité, et j'éprouvais une réelle admiration pour mon compagnon... Oui ! c'était bien là ce que j'avais rêvé : deux natures qui se comprennent, et qui s'aiment en se reflétant dans le vrai, dans le beau, dans l'idéal !

Qu'est-ce donc que les humains nomment amour auprès de ce grand sentiment ? Qu'ont de commun les sens avec cette communion de deux êtres différents, avec cette fusion de deux intelligences, de deux esprits qui se complètent l'un par l'autre ? Oui, c'était l'amour que je cherchais.....

Les heures, les journées, les mois passaient, et mon affection pour André grandissait toujours.

A la fin d'août, la chaleur étant très forte, nous passions nos soirées dehors, dans la grande allée devant la maison ; la lampe était posée sur une table en marbre, une multitude innombrable de moustiques et d'insectes attirés par la lumière venaient voler autour.

Une fois, nous étions ainsi réunis ; les cigales et les grillons avaient cessé leurs cris, l'air était calme et le silence de la nuit n'était troublé que par les chants de quelques oiseaux cachés sous bois. Mon père, renversé dans un fauteuil cannelé, fumait un cigare ; M. Dévallet

lisait la chronique d'un journal de province ;
Mᵐᵉ Françoise tricotait et de temps en temps
relevait la tête pour lancer un coup d'œil rapide et scrutateur sur tous. André semblait
plongé dans la lecture d'un livre qu'il avait
apporté, et moi je rêvais. Je regardais sans
voir les bizarres figures que dessinaient les
hautes silhouettes des arbres se détachant sur
le ciel étoilé. A quoi songeais-je ? Je ne saurais
le dire.... Il y a tant de choses dans un cœur
de vingt ans ! Je me sentais comme enivrée de
bonheur : voilà ce dont je me souviens.

En tournant la tête, je vis André qui avait
fermé son livre et fixait sur moi ses regards
profonds. Sa vue était-elle tombée ainsi par
hasard, ou s'était-il oublié à me regarder
longtemps ? A quoi pensait-il ?..... Était-ce à
la nuit, aux étoiles, à sa famille, à Paris ?....
Était-ce à moi ? Les oiseaux avaient cessé leurs
chants.... Pourquoi André se taisait-il ?...
N'avait-il rien à dire ? Si je lui avais parlé ?....
Non..... En troublant le silence, j'aurais rompu
le charme qui nous entourait, et cette volupté
que j'éprouvais se serait enfuie devant la réalité.

On se retira fort tard ; nous reconduisîmes
jusqu'à la porte, au bout du jardin, M. Dévallet
et André. Lorsque nous rentrâmes, j'aperçus
le livre qu'André avait oublié sur la table de
marbre ; je courus le chercher, pour qu'il ne
restât pas la nuit dehors et qu'il ne fût pas
mouillé par la rosée matinale. L'ayant emporté dans ma chambre, instinctivement je
l'ouvris : c'étaient les *Harmonies* de Lamartine.
J'en parcourus quelques pages, mais, en tournant un feuillet, je fis tomber un papier plié
en quatre ; je le ramassai et, cédant à la ten-
tation que j'avais de savoir ce qu'il contenait,
je le dépliai et j'y lus ceci :

ILLUSION

La nuit avait tendu son voile ténébreux,
Les étoiles brillaient à la voûte des cieux.
Tout me paraissait mort..... La nature endormie
Me laissait plongé dans ma triste rêverie ;
Solitaire, à pas lents, je suivais les chemins,
Écoutant le grand bruit du vent dans les sapins.
Ma pensée entraînait ma jeune âme plaintive,
Et il me semblait voir ton ombre fugitive.
Bel ange aux yeux si doux, pourquoi t'ai-je connu ?
Pourquoi t'ai-je adoré du jour où je t'ai vu ?
Pourquoi, lorsque mon cœur s'ouvrit à la lumière,
Ton image sur lui vint-elle la première ?
Sans doute le Seigneur ainsi l'avait prescrit.

Heureux si je puis dire : « Au ciel, c'était écrit ! »
Dois-je, dans cet amour tout rempli d'innocence,
Voir, encore, la main de la Toute-Puissance ?
Mais, qu'importe après tout le ciel et ses décrets !
Je t'aime et je te veux. Voilà tout mes secrets.
Ma mignonne, crois-moi : quittons cette contrée,
Fuyons l'éclat, le bruit de la ville égarée.
Allons dans la patrie où naissent les lauriers,
Où le myrte fleurit auprès des grenadiers ;
Allons vivre et mourir sous un ciel sans nuage
Et cacher nos amours sur un autre rivage.....
Regarde l'infini !.... Le cœur est enchanté
Et les âmes ont dit : « Amour et liberté ! »
Oh ! ne refuse pas ! Suis-moi, je t'en supplie !
Colombe, prends ton vol ; fuyons vers l'Italie.
Sois femme ou sois démon, tu possèdes mon cœur.
Dans un doux nid, enfant, viens chercher le bonheur.
Écoute : Le bonheur, c'est un cœur qui vous aime ;
Un ami, partageant tout, et vos chagrins même.
C'est deux fleurs exhalant un seul et doux parfum ;
C'est deux êtres enfin qui n'en forment plus qu'un !

C'était signé : « André de Laval », et la date portait « 30 mars..... » Je remis précieusement ce papier à sa place.

Quand je fus couchée, mille pensées diverses m'assaillirent et retardèrent mon sommeil. Cette date était postérieure de quelques jours à la vente de charité de la princesse, et n'étais-je pas en droit de me demander s'il n'avait pas fait ces vers pour moi ?... Oui, évidemment, c'était de moi qu'il s'agissait. Et, si c'était d'une autre ?.... Je chassais vite cette idée importune et me replongeais dans des rêveries plus consolantes.

Je me voyais penchée sur le bord d'un lac, mon image se reflétait dans les eaux tremblantes, André était à mes côtés et me regardait ; je voulais saisir une fleur, mais tout à coup je glissais et je tombais ; André me sauvait et me rapportait évanouie dans ses bras ; puis, me déposant sur l'herbe, il collait ses lèvres sur mon front. A cette idée, un frisson me saisissait :

— Allons ! je suis insensée... Quelle sottise !

Et je riais de mon enfantillage. Mais la folle du logis, ainsi que l'aurait dit Malebranche, ne tardait pas à vagabonder de nouveau; ce fut ainsi que je passai la nuit.

Je me suis souvent posé cette question : Pourquoi, lorsque nous commençons à aimer, ne voulons-nous jamais nous l'avouer à nous-même? Les palpitations de notre cœur, nous les attribuons à la fatigue, à la chaleur ou à toute autre cause. Nos mains glacées, notre gorge desséchée, nos mouvements irréfléchis, nos longues distractions ne suffisent pas pour nous convaincre que nous aimons de toutes les forces de notre être. Nous nous plaisons d'autant plus dans l'erreur, que nous nous sentons devenir faibles à mesure que le grand mystère se révèle en nous !...

Quand nous sommes seuls, nous prenons de fortes résolutions de froideur, d'indifférence. Comme elles s'envolent vite au son de la voix chérie !... Nous ne sommes déjà plus les maîtres et nous refusons encore de nous avouer vaincus ; nous voulons lutter ; mais, comme un homme roulé dans les flots d'un torrent tumultueux et dont les bras battent en vain les eaux, nous suivons le courant rapide jusqu'au moment où, abattus, brisés par la résistance que nous avons opposée, nous murmurons tout bas à l'oreille de notre dompteur ces mots magiques :

« Je t'aime !... »

— C'est étrange, pensais-je quelquefois, c'est étrange qu'André ne m'ait jamais dit qu'il m'aimait ; car il m'aime.

Que viendrait-il faire si souvent ? Causer

avec mon père ou avec M. Dévallet ?... Non... puisque la plupart du temps il garde le silence... Croit-il que son aveu m'offenserait ?...

Peut-être m'aime-t-il sans le savoir lui-même ? Peut-être lui suis-je indifférente ?

Et j'avais un mouvement de dépit, puis j'ajoutais : « Que m'importe, après tout ! Moi, je ne l'aime pas. »

Dans ces moments-là, je devenais mélancolique et je peignais sans goût...; j'avais le spleen...

Un soir, le 11 septembre, je m'éloignai seule et j'allai m'asseoir sur la pelouse. La journée avait été chaude, l'atmosphère était lourde, et le soleil, qui devait bientôt nous quitter, avait encore une fois voulu faire sentir la force de ses rayons ; aussi un léger brouillard s'élevait-il lentement du sol vers les régions supérieures ; brins d'herbe, pâquerettes et boutons d'or étincelants des diamants de la rosée se courbaient vers la terre et semblaient verser des larmes sur la fin de l'été ; la lune, n'étant pas levée, laissait encore le jardin enseveli sous cette demi-obscurité du crépuscule lors-

qu'il touche à sa fin ; c'est à peine si une brise
tiède agitait mollement de son souffle les
feuilles des acacias et des peupliers ; de place
en place on voyait briller dans les fourrés un
ver luisant ou l'on entendait le bourdonne-
ment d'un frelon qui cherchait sur une rose un
asile pour la nuit. Livrée à de douces pensées,
je savourais le bien-être de cette soirée si pleine
de chastes voluptés pour une âme poétique.

— Myrtille, dit André, qui avait surgi tout à
coup.

Je me levai rapidement.

— Que faites-vous ? reprit-il. Vous n'étiez
donc pas bien là ? Je venais m'asseoir à côté de
vous.

— Non, répondis-je ; il me prend une fantaisie : la nuit est belle ; montons haut, bien
haut sur la montagne ; nous jouirons d'un
spectacle magnifique.

— Comme vous voudrez.

André m'offrit le bras, nous sortîmes de
Bellevue et nous nous mîmes en marche le
long des chemins sinueux qui traversaient les
prés et conduisaient à la montagne.

De ce dont nous parlâmes, je m'en souviens vaguement; mais ce que je sais, c'est que notre conversation fut des plus simples, même des plus nulles. Moi, j'avais à peine le sentiment de mon bonheur : involontairement, j'admirais André et je restais sous ce charme qui s'empare des cœurs vierges et des caractères timides. Je n'osais pas parler, et c'est avec difficulté que, de temps en temps, nous échangions un mot ou un sourire.

Il ne faut pas s'étonner de cette sorte de silence contemplatif que nous observions : il est habituel à tous ceux qui en sont aux premières pages du livre d'amour. Que ceux qui ont passé par ces épreuves me disent si ce silence n'est pas plus éloquent que les paroles : ce langage où les yeux et l'expression du visage parlent si haut et où la voix est d'un si faible secours, c'est la vraie langue d'amour! Que d'émotions dans un regard rempli de larmes! Que de phrases dans un signe! Que de baisers enfermés dans un sourire!...

Après avoir marché trois quarts d'heure environ, nous arrivâmes à la plate-forme où j'étais déjà venue.

— Ah ! mes fleurs chéries ! m'écriai-je en apercevant le petit rosier ; et je courus en cueillir quelques branches. André me rejoignit.

— Reposons-nous un instant ici, voulez-vous ? dit-il.

Je répondis par un signe de tête ; nous nous assîmes à côté l'un de l'autre sur le rocher.

André causa et évoqua des souvenirs d'enfance. Il me raconta que, lorsqu'il était petit, un jour il avait taché d'encre un tablier blanc, et qu'il n'avait rien découvert de mieux, pour faire disparaître la tache, que de couper avec des ciseaux le morceau du tablier noirci ; ce qui lui avait valu une punition sévère.

Pauvre bébé !

Je l'écoutais, mais je ne le voyais pas, car je regardais au ciel. Combien de temps dura cette extase ? je l'ignore ; j'avais tant de choses dans l'esprit, que je ne me rendais pas compte de la vie. Je sentais André près de moi, et rien n'aurait pu me détacher de cet endroit. Un moment, une sorte d'anéantissement langoureux s'empara de mon être, mes yeux se fermèrent, et je tombai dans une somnolence délicieuse. André s'était tu !

Le bras appuyé sur le rocher, je soutenais avec la main ma tête renversée en arrière; mais les muscles se détendirent, ma main glissa, et je devinai celle d'André qui vint remplacer le soutien défaillant. J'appuyai ma tête et, cette fois, ayant conscience de ce qui était, je feignis de dormir. André n'osait faire un mouvement, de crainte de me déranger; moi également, je ne voulais pas bouger. C'était une si grande félicité !

Soudain il me sembla qu'André se soulevait, en ayant soin de ne pas remuer le bras : j'entr'ouvris les yeux. Seul, à mes pieds, sous le ciel étoilé, dans ce solennel silence, il se penchait vers moi :

— Enfin, murmura-t-il, je puis m'enivrer du bonheur de te contempler sans être troublé dans ma joie; je puis te dire combien je t'adore sans faire évanouir ce mystérieux sourire qui erre sur tes lèvres d'enfant; je pourrais t'embrasser sans être repoussé.

Il s'agenouilla et, de sa main qui était demeurée libre, il prit ma main pendante... Il hésita!... puis... puis enfin y appuya ses lèvres...

Cette fois, je ne rêvais pas : c'était bien lui, c'était bien sur la montagne. J'oubliais tout, je crus que la nuit ne finirait point ; je m'imaginais que ce serait éternel ; malgré moi, dominée par une force invincible, je pressais faiblement sa main, comme pour lui dire : « Oui, je t'ai compris ; moi aussi je t'aime. » Il tressaillit !

— Dors ! dors, mon ange, dit-il ; et tandis que le vent soulevait mes cheveux de ses froides caresses, je sentis une haleine embrasée passer rapidement, et un baiser effleura mon front.

Comme cette nuit est restée gravée dans ma mémoire ! J'aurais voulu lui dire que je ne dormais pas, j'aurais voulu le couvrir de baisers ; je devenais folle !... Subitement il me souleva, m'enlaça et, m'attirant vers lui, il me pressa sur sa poitrine dans un mouvement si tendre, que je crus que j'allais mourir de joie. Je fus obligée *de m'éveiller :*

— Partons, dit-il avec force, il est tard ; par-

tons. — Et, me prenant le bras, il m'entraîna
après m'avoir conseillé de m'envelopper dans
mon châle. Nous arrivâmes ainsi à Bellevue.
Lorsque je vis de loin mon père, ma tante et
M. Dévallet assis autour de la table de marbre,
je ne me sentis pas le courage de paraître devant eux ; j'étais trop bouleversée pour qu'ils
ne s'aperçussent pas de mon trouble ; d'ail·
leurs, que répondre à leurs questions : « D'où
venez-vous ? Où étiez-vous ? Comme vous avez
été longtemps ! »

Je tournai donc doucement derrière la
maison, afin de rentrer sans être aperçue, et,
prenant congé d'André, je le chargeai d'annoncer qu'étant un peu lasse, je m'étais retirée. Il me serra sans doute la main avec un
peu plus de force que de coutume et me dit :
Au revoir ; puis je l'entendis s'acquitter de sa
commission avec une voix parfaitement calme,
qui me rappela celle avec laquelle, lors de
notre entretien dans le boudoir de la princesse,
il avait dit à Elsie :

— Eh bien ! princesse, avez-vous fait une
bonne recette ?

Mᵐᵉ Françoise tenta des observations sur ma longue absence, mon père l'arrêta :

— Allons! interrompit-il, si cette enfant était malade, et si elle a préféré se promener et rentrer ensuite, cela ne regarde qu'elle !

André présenta ses hommages et partit. Je le regardais s'éloigner; je vis qu'il tenait dans ses doigts une branche du rosier sauvage qu'il embrassait avec transport. Les sanglots oppressèrent ma poitrine; j'aurais voulu lui crier :

— Reviens; je t'adore!

Je montai avec précipitation dans ma chambre, où je m'enfermai; me jetant sur mon lit, je murmurai :

— Et je voulais mourir sans avoir aimé!...

CHAPITRE SEPTIÈME

Je n'essaierai pas de décrire comment je passai la nuit; je ne pus clore les paupières. Toujours je me croyais sur le rocher de la plate-forme; toujours André tenait ma main; toujours je le contemplais me serrant dans ses bras! Cette vision, je l'ai eue souvent, et pendant que j'écris je l'ai encore! Oh! mes yeux, mes pauvres yeux, pleurez et fermez-vous bien vite!

Dès lors, André et moi, nous eûmes mille petits secrets, nous inventâmes mille ruses, afin de pouvoir nous rencontrer et nous parler librement. Combien de fois n'ai-je pas laissé tomber mon mouchoir pour qu'André en se

baissant me pressât la main ! Combien de petits
mensonges n'ai-je pas cherchés ! Combien de
névralgies n'ai-je pas prétextées pour m'é-
loigner dans le jardin avec lui ! Moi si franche,
si loyale, j'étais devenue plus rusée qu'un di-
plomate ; chaque fois qu'on allait me blâmer
sur ma conduite, je le devinais avec une pers-
picacité étonnante, et par une réponse prémé-
ditée j'évitais un discours de reproches. Quand
nous étions devant mes parents, c'était une
constante pantomime que je croyais sincère-
ment n'être vue que de nous et dont pourtant
tout le monde devait s'apercevoir ; mais il
suffisait, pour me faire éprouver une joie in-
dicible, de penser que personne ne savait que
nous nous aimions.

Ni l'un ni l'autre nous n'avions continué nos
études de peinture : n'avions-nous pas bien
autre chose à faire que de nous occuper de
paysages et de beaux-arts ? Nous cueillions des
fleurs, il faisait des bouquets, puis il écrivait
des poésies à mon intention.

A ce propos, une fois, il y eut une grande fâ-
cherie.

Nous étions dans le jardin. André griffonnait sur un morceau de papier. Tout à coup il me prit la fantaisie de lire ce qu'il faisait.

— Non, me dit-il, attendez que cela soit terminé.

— Donnez-moi cela. Qu'est-ce que c'est?

— Vous le saurez quand vous lirez les vers, ma mignonne!

— Je veux le savoir tout de suite.

Comme il me refusait, pour le taquiner, j'arrachai le papier; il voulut le retenir, nous le déchirâmes : il m'en resta un fragment dans les mains sur lequel il n'y avait que des phrases incohérentes. Je riais déjà de mon triomphe; mais André parut fâché de cette violence; bientôt il se leva d'un air cérémonieux.

— Je me retire, dit-il, car je suis attendu.

— Ah! eh bien, partez et emportez votre susceptibilité avec vous. Ne l'oubliez pas, je n'agirais pas comme avec vos livres, je ne la monterais pas dans ma chambre, ajoutai-je ironiquement.

— J'emporte ma susceptibilité et je vous laisse votre vivacité. Au revoir, mademoiselle!

— Non, pas au revoir, puisque vous partez : adieu! répliquai-je en soulignant le dernier mot.

— Myrtille, reprit aussitôt André en revenant sur ses pas, cessons cette comédie. J'ai eu tort de ne pas vous céder, je vous en demande pardon. Ce n'est pas sérieux, ce que vous venez de dire!

Fière de le voir si promptement faire amende honorable, je me décidai à continuer de jouer le rôle de froissée.

— Si, c'est c'est très sérieux! Adieu!

Et je tournai les talons sans regarder la mine piteuse de mon pauvre André.

— Myrtille! Myrtille! s'écria-t-il, vous êtes folle!

Je n'en entendis pas plus long, car je rentrai.

Je ne tardai pas à me reprocher ma méchanceté enfantine, et pourtant, pensai-je, cela lui apprendra à me résister.

Le soir, André vint comme de coutume; poussée par un sentiment de coquetterie, je ne parus pas, ayant allégué mon mal de tête traditionnel.

Le lendemain, j'étais encore au lit, lorsque la bonne entra m'apporter une lettre.

— De la part de M. de Laval, dit-elle, en plaçant le plateau sur la table de nuit. Je déchirai vivement l'enveloppe et je lus :

ADIEU

Adieu! je l'ai compris; tu ne m'as pas trompé.
Tu l'as bien dit, ce mot dont mon cœur est frappé.
Laisse-moi dévorer, tout seul, mon amertume
Et jeter un regard sur ce bûcher qui fume,
Lançant encore au ciel une dernière lueur;
Bûcher avec lequel s'éteindra mon bonheur.
Insensé que j'étais! Où sont mes espérances?
J'avais presque oublié la vie et ses souffrances;
Mon cœur s'était ouvert à la joie, à l'amour,
    Et même j'espérais si tu m'aimais un jour,
Que l'existence à deux ne serait plus chimère
Et qu'on vivrait heureux à l'ombre du mystère.
Je rêvais qu'on fuirait sur les bords de la mer!
On a besoin d'aimer auprès du flot amer.
Enfin, laissant errer mon âme trop joyeuse,
Je me disais tout bas : Elle serait heureuse!
Et je me complaisais dans ma douce illusion.
Tu m'as fait voir qu'ici la vie est déception!
Hélas! Que reste-t-il d'une fleur consumée?
Le vent emporte tout, la cendre et la fumée!
Ainsi de mon amour, perdant les souvenirs,
Tu n'auras rien pour moi, ni regrets ni soupirs.
Une fois j'ai tenu ta belle main tremblante,
Doux contact sous lequel eût tressailli le Dante.
C'est tout! Dans cet instant j'aurais voulu mourir;

Le ciel m'a conservé pour me faire souffrir.
Il faut me résigner. Adieu donc, jeune fille ;
Que pour un autre heureux ta grâce aimable brille ;
A lui tes doux baisers, les aveux de ton cœur,
Les plaisirs du foyer, ton amour..... mon bonheur !
Tes lèvres de corail, pour l'embrasser s'il pleure,
Et lui fermer les yeux quand sonnera son heure.
Un jour, dans un coffret de cuivre chamarré,
Retrouvant par hasard un bouquet égaré,
Tu le regarderas... Enfin dans ta mémoire,
De ce bouquet fané tu chercheras l'histoire ;
Puis soudain, tu diras d'un air tout étonné :
Il m'aimait donc beaucoup ce fou qui l'a donné !
Le jetant, tu riras... Que la femme est étrange !
Mais toi, chère mignonne, es-tu femme ou bien ange ?
Si tes lèvres ont dit : adieu, ce mot cruel,
N'est-ce pas ? tu savais qu'en ce séjour mortel
Je ne pouvais t'avoir : c'eût été trop d'ivresse
Sur terre : j'aurais pu t'aimer avec tendresse,
Te serrer dans mes bras... Je me serais cru Dieu...
L'ange n'aime qu'au ciel ! Ah ! j'ai compris ! Adieu !

ANDRÉ.

Je n'avais pas terminé la lecture de cette missive, que je m'installai à mon petit bureau où j'écrivis ces lignes :

« Revenez vite aujourd'hui, je vous attendrai à deux heures.

» Oui, j'ai gardé vos bouquets ; mais je veux voir le fou qui les a donnés.

» MYRTILLE. »

Je cachetai la lettre et la fis porter immédiatement. André fut exact. Ainsi finit cette que-
relle d'amoureux qui nous procura les charmes
de la réconciliation, pendant laquelle je confessai humblement que je n'avais fait qu'une
plaisanterie un peu cruelle.

— J'ai beaucoup pleuré! murmura-t-il.

— Oh! pardon, fis-je, pardon! Et je l'embrassai en lui ajoutant à l'oreille : C'était
pour rire, bébé!

Si j'avais songé, quelques mois auparavant,
à l'amour, je n'aurais jamais admis qu'à un
moment j'arriverais au point où j'en étais ; j'aurais rejeté avec dédain l'idée de ces cachot-
teries de pensionnaires qui feignent d'avoir
oublié chez elles quelque chose pour retourner
voir leurs amoureux. En agissant de la sorte,
j'aurais cru m'abaisser, m'avilir et descendre
du trône sur lequel mon orgueil m'avait placé.
Moi, la femme forte, au cœur indompté, moi,
qui me flattais de ne pouvoir vivre que dans
les hautes sphères de la pensée, un regard, un
seul, un serrement de main, m'avait trans-
formée ; et voilà que j'étais devenue plus faible

qu'un malade, plus crédule qu'un enfant, plus
incapable qu'une démente; en un mot, j'étais
femme comme les autres femmes : tant il est
vrai que l'amour et la haine ne sont pas des
sentiments qui se raisonnent et se calculent,
mais qui proviennent souvent d'une attraction
ou d'une répulsion instinctive tout aussi irré-
fléchie qu'involontaire.

Ces deux sentiments, sur lesquels repose
l'humanité, subsistent seuls et par leur propre
puissance. Ils sont par eux-mêmes, et ce sont
eux qui entraînent à leur suite tous les autres,
tels que l'amitié, la confiance, la pitié, l'estime,
l'antipathie, la méfiance, la cruauté, le mépris, etc.

J'en étais, on le voit, à cette période terrible
de l'existence où l'être est subjugué par l'a-
mour; spirituellement, j'appartenais tout entière à cet homme, je vivais de sa vie et je
sentais que, s'il venait à me manquer, je
n'existerais plus.

Dans cette complète absorption de moi-
même, je ne savais pas lire la tristesse qui se
peignait sur le visage de mon père chaque fois

qu'il me voyait céder à l'inclination de mon cœur ; je ne remarquais pas non plus le dépit maussade que provoquaient chez M. Dévallet nos chuchotements continuels ; par exemple, ma tante m'était odieuse : sans cesse elle venait interrompre, sous un futile prétexte, nos conversations intimes ; c'était intolérable.

Ces alternatives de joies et de contrariétés durèrent jusqu'à l'hiver, sans que l'idée d'une conclusion quelconque me vînt à l'esprit.

Un soir, nous étions au salon, lorsque ma tante se pencha vers André et le pria de bien vouloir venir lui parler en particulier. André se leva aussitôt ; ils se retirèrent dans une pièce voisine. Fort étonnée de cette confidence de la part de Mme Françoise, j'attendis leur retour avec inquiétude ; l'entretien se prolongea. Bientôt je ne sus plus que faire pour calmer mon agitation ; je me mis à feuilleter un livre, puis je le jetai avec impatience sur la table ; je pris les journaux, mais je ne tardai pas à les froisser entre mes doigts ; alors je me levai et d'un pas rapide je parcourus le salon de long en large. Ce qui contribuait

surtout à m'irriter, c'était l'attention méditée
et le flegme avec lesquels les deux joueurs de
piquet faisaient la partie ; leurs voix mono-
tones comptaient les points, et l'on entendait
régulièrement le tic des cartes tombant l'une
sur l'autre au milieu de la table à jeu, ou le
froissement des jetons qu'à chaque coup le
favorisé du sort jetait d'un autre côté. Cette
pantomime et cette indifférence affectée semblaient me narguer.

Pourquoi M. Dévallet et mon père ne s'éton-
naient-ils pas de l'absence de ma tante et
d'André?...

Il y avait donc un complot là-dessous !

Des soupçons commençaient à naître et
augmentaient ma fièvre.

Enfin, à onze heures, André et ma tante
rentrèrent au salon. Leurs visages étaient
calmes et leur air naturel. D'un regard je
tâchai d'interroger André, afin de savoir si
nous étions découverts et si l'on cherchait à
entraver notre amour; mais il évita de me
regarder et ne répondit pas à l'interrogation.
On causa quelque temps de choses insigni-

fiantes, puis André nous salua; il s'approcha de moi et me tendit la main, suivant son habitude; je la lui serrai avec intention; il la dégagea avec promptitude et partit. Il me sembla qu'il avait l'air soucieux.

Stupéfaite, je montai dans ma chambre en me promettant *in petto* de me faire expliquer cette étrange attitude et la conversation de Mᵐᵉ Dalant. Mais le lendemain André ne revint pas; seulement ma tante lança dans la conversation qu'il était allé à Paris. Je me livrai à mille conjectures sans trouver la solution du problème. Huit jours s'écoulèrent pendant lesquels, chaque soir, j'attendis vainement l'infidèle. Je lui écrivis que la plus élémentaire politesse aurait voulu qu'il me prévînt avant son départ et que, lorsqu'on avait un peu de cœur, on ne quittait point d'aussi brusque façon les gens qu'on prétendait aimer, quels que fussent les motifs qu'on eût pour rompre avec eux. Cette lettre, qui n'était qu'une ruse, afin de savoir si réellement André avait quitté Valnix, resta sans réponse.

Il était donc vrai qu'André me fuyait ; il me

cachait quelque chose; c'était affreux de sa part, et pour le punir je résolus de ne plus paraître devant lui lorsqu'il serait de retour.

— C'est un ingrat, pensai-je, il ne mérite pas que je me tourmente à cause de lui. Au contraire, je vais lui prouver qu'il m'est indifférent.

Telle fut ma décision formelle ; mais à la tombée du jour, dissimulée derrière les rideaux de ma fenêtre, à l'heure où autrefois il avait coutume de venir, je guettais.

Le soleil allait se coucher pour la dixième fois depuis la disparition d'André, et, placée à mon poste d'observation, j'attendais avec angoisse, malgré mes résolutions. A chaque grincement de la grille du jardin, je prêtais l'oreille; chaque voix que j'entendais me faisait tressaillir.

Tout à coup la porte tourna encore une fois sur ses gonds, des pas réguliers firent craquer le sable, j'entrevis une silhouette ; le sang reflua vers ma poitrine, mes tempes battirent avec force... La silhouette disparut derrière un bouquet d'arbres... Dans cet instant, où,

n'ayant pu distinguer, j'étais encore incertaine
que ce fût lui, les secondes me semblèrent
des heures, la minute, un siècle. Enfin je le
vis... c'était bien André !...

Me rejetant aussitôt en arrière, après avoir
baissé le rideau, je tombai sur une chaise et,
cachant ma figure dans mes mains, je sanglo-
tai. Pourtant je ne souffrais plus. Il était revenu, il n'avait pu résister... il m'aimait
encore !... Malgré cela, je ne voulais pas le voir,
oh non !... Afin de me distraire, je tâchai de
dessiner, mais je tremblais tellement que je
ne pus tenir le crayon... J'y renonçai.

Mille projets divers augmentaient mon
trouble. Était-il naturel que je ne parusse pas
au salon ? Ne remarquerait-on pas cette absence
et ne serait-elle pas attribuée au chagrin que
j'avais ? Qu'en penserait André ? Ne se figure-
rait-il pas que le dépit ou l'embarras me rete-
naient ? Non, il ne fallait point lui procurer
cette satisfaction d'amour-propre. Enchantée
d'avoir découvert cette excellente raison pour
justifier à mes propres yeux une faiblesse que
je n'osais m'avouer, je courus à la porte de ma

chambre, dont je tournai le bouton. J'allais descendre, lorsque je m'aperçus du dérangement de ma toilette ; je ne pouvais me montrer à André en cet état : il fallait avoir l'air calme. Je rentrai, et, après m'être passé de l'eau fraîche sur les yeux, je me préparai à changer de costume. Soudain une pensée traversa mon esprit.

— Si André était déjà parti, s'il ne m'avait pas attendue !

Sans m'inquiéter davantage de ma robe, je descendis et j'entrai au salon. André était assis à côté de M. Dévallet ; il causait. Dès qu'il me vit, il se leva, vint à moi et me salua d'un air tout à la fois aimable et sérieux. Je répondis à ce salut par une légère inclination de tête, avec une froideur marquée. Il n'y prêta pas ou ne parut pas y prêter attention et il reprit la conversation que mon arrivée avait interrompue. Affectant une placidité parfaite, je cherchai sur la table un ouvrage, puis, en vérité, n'y pouvant plus tenir, je sortis de la pièce, et, pensive, j'allai dans le jardin m'asseoir sur un banc.

André m'y rejoignit quelques instants après ; je fis un mouvement pour m'éloigner, mais, me prenant le bras avec douceur, il me retint.

— Myrtille, dit-il, j'ai à vous parler de choses graves.

— Je vous écoute.

— Il s'agit de vous, de votre avenir, de votre bonheur !...

— Ah ! vous vous y intéressez ? interrompis-je d'un ton aigrelet.

— Plus que tous vos amis, autant que votre père.

— Et à quel titre ?

— A celui que vous m'avez donné dans votre cœur lorsque vous avez compris l'affection que je vous portais ; écoutez-moi donc.

La dernière fois, vous l'avez deviné, n'est-ce pas ? j'ai longuement parlé de vous avec madame votre tante. Votre avenir la tourmente vivement, ainsi que votre bon père ; tous deux désireraient vous voir entrer dans une position tranquille et régulière.

— C'est donc ma tante qui vous a chargé de me dire cela !

— Non, c'est moi qui, après avoir été éclairé
par elle sur notre situation et avoir réfléchi
sérieusement, tiens à rester, ainsi que par le
passé, un honnête homme. Je crois donc remplir un devoir d'honneur en vous parlant
comme je vais le faire. Nous nous aimons, plutôt nous pensons nous aimer, et ce qu'aujour-
d'hui nous appelons de l'amour, n'est-ce pas
l'ardeur de la jeunesse, n'est-ce pas seulement de la passion? Qui sait? Qu'importe, en
somme, ma chère Myrtille; on ne vit pas d'a-
mour en ce monde; ce qui séduit les jeunes
gens n'est pas ce qui peut constituer une base
solide dans l'existence.

La vie est une chose très prosaïque, et ceux
qui veulent s'écarter de la route commune
n'aboutissent à rien. Voyez-vous, sur la terre,
la femme a une destinée plus haute que celle
d'artiste, c'est celle d'épouse. Vous devez vous
marier, votre père le désire, c'est son vœu le
plus ardent ; d'ailleurs il est bien naturel qu'à
son âge il pense à vous établir... Je serai entièrement franc... Quoique Mᵐᵉ Dalant m'ait
confié d'autres projets, j'ai songé à vous

épouser : voilà pourquoi je suis allé à Paris. Je me suis rendu chez mon père, à qui j'ai exposé votre position et confié mes intentions, ensuite je lui ai demandé son consentement; mais il a opposé un refus formel. Le bruit de votre malheureuse aventure avec M. Olivieri étant parvenu jusqu'à lui, il ne m'a point été possible de lui faire modifier ses résolutions, et, malgré mes supplications, sa volonté est que je ne vous épouse pas... Cette volonté est inébranlable; je dois la respecter et, quoi qu'il puisse m'en coûter, m'y soumettre.

A ces mots, je crus que j'allais m'évanouir; enfin je réagis et redevins maîtresse de moi-même. Il continua :

— Je suis donc venu et je vous dis loyalement ce qui est. Maintenant, que nous reste-t-il à faire? Brisons ces liens qui nous rattachent au passé et prenons dès à présent un parti décisif.

Il faut nous séparer. Nous ne pouvons pas toujours vivre de rêves et de poésie. A force de nous voir, nous avons pris l'habitude de croire qu'il nous était impossible de nous

passer l'un de l'autre. Nous sommes jeunes,
nous avons l'avenir qui s'ouvre devant nous,
ne gâchons pas notre vie pour des mots que
l'égarement ou la passion nous a fait dire ; ils
ont été la cause de jouissances bien éphé-
mères ; le positif, aujourd'hui, c'est qu'il faut
se quitter. Je vais suivre ma carrière, vous,
vous marierez.....

— Eh quoi! interrompis-je, c'est vous, vous,
André, qui me parlez de la sorte !... Je ne vous
reconnais point... Vous raisonnez trop froide-
ment maintenant, pour m'avoir jamais aimée :
ce que vous venez de dire me semble tellement
inouï, tellement fabuleux, que je ne sais pas
si je l'ai entendu ou si je suis folle !...

— Ne vous échauffez pas, chère Myrtille, et
écoutez-moi. Que voulez-vous faire? Être ma
maîtresse? Oh! cela, jamais : je vous adore
trop, je vous respecte trop, pour souhaiter ou
même pour accepter ce sacrifice de votre honneur, si vous étiez tentée de le faire. Continuer
à vivre comme par le passé? D'abord votre
père ne le tolérerait plus, ensuite on ne tarde-
rait pas à parler de nous dans le pays. Ne vous

imaginez pas que l'on admettrait que l'art seul
nous réunit : nous aurions en vain la conscience de notre honnêteté, en vain nous pro-
testerions de notre innocence, bientôt votre
réputation serait perdue!

— Eh! que m'importe ma réputation, du
moment que le seul homme que j'aime m'esti-
mera! Voici la différence entre vous et moi :
pour vous je suis Myrtille ; pour moi vous êtes
l'univers, entendez-vous, André?...

— Taisez-vous, Myrtille, taisez-vous, s'écria-
t-il en se levant ; c'est de la démence ; nous ne
le devons pas.

Puis, baissant la voix, il reprit :

— Vous n'êtes pas seule; il reste votre père,
que vous affectionnez et pour qui vous êtes
contrainte d'avoir souci de votre renommée.

— C'est vrai, murmurai-je.

— Ainsi n'épiloguons pas. Pour votre père
il faut épouser un homme sage, tranquille,
honorable et riche : épousez celui que vous
destine M. Hérimières.

— Et qui est-ce donc?

— Son ami M. Dévallet.

— M. Dévallet! m'écriai-je ; parlez-vous sérieusement ?

— Très sérieusement. M. Dévallet est fort estimé et mérite de l'être ; il est riche, il est bon, il vous aime, parait-il ; enfin c'est l'intime de votre famille ; épousez-le et vous serez heureuse... A mesure que les souvenirs s'enfuiront, le bonheur s'approchera. Vous n'aurez pas à craindre d'être déconsidérée !

J'étais atterrée ; je demeurais inerte sur le banc, comme si j'avais reçu un coup de massue sur la tête. Le souffle du vent et une pluie fine qui commençait à tomber me ranimèrent ; je regardai... André était là, à côté de moi, immobile comme une statue de marbre. Je décidai de tenter une suprême épreuve. Rassemblant dans mes regards tout ce que j'avais de force, d'intelligence, de pénétration, je fixai mes yeux dans les siens. Je restai ainsi quelques secondes, cherchant à sonder son âme. Il demeura inébranlable sous le choc : ses paupières ne se baissèrent pas, ses yeux ne s'animèrent point ; mais ils gardèrent une expression vague.

Alors je détournai la tête ; j'avais compris.

La raison d'André avait triomphé de son cœur !

L'homme n'est ni intelligence, ni volonté, ni passion d'une manière exclusive ; il est tout cela ensemble, et sa nature est un mélange de ces trois phénomènes. Tantôt la raison l'emporte sur tout le reste : elle réfléchit, étudie, examine, conçoit et exécute. Tantôt c'est la sensibilité qui a la victoire : le cœur se répand en affections, en émotions toutes-puissantes ; il se livre, il prescrit, il plie toutes les autres facultés à ses ordres souverains. De là ce fréquent désaccord entre le cœur et la raison ; de là cette lutte qui est le fond même de la vie. Hélas ! j'étais le cœur, André était la raison. André ne m'aimait plus, puisqu'il raisonnait. En ce moment je me pris à le haïr, signe que je l'aimais toujours ; mais mon orgueil de femme dédaignée, cruellement flagellé, me donna une force et un empire sur moi-même que je me serais crue incapable d'avoir... J'allais le persuader que, moi également, j'étais raisonnable.

André ne s'aperçut pas de la transformation qui venait de s'opérer dans mon esprit.

— Au fait, dis-je tout à coup en prenant un ton dégagé, vous êtes peut-être dans le vrai. Je réfléchirai, ce mariage me conviendrait.

O Dieu puissant! La chute d'un de tes anges sur la terre m'eût moins étonnée que ce langage sur mes lèvres !...

Quelques minutes après, André, me croyant raisonnable, se leva, et, me prenant les deux mains :

— C'est bien, dit-il. Adieu! Demain je retournerai à Paris.

— Adieu! répondis-je, et ma voix s'étrangla dans ma gorge.

Puis André s'éloigna, non sans m'avoir remerciée d'un regard qui, à mon avis, signifiait : « Vous êtes devenue sage, je suis content. »...

Je l'entendis de loin, qui, dans le salon, disait à Mme Dalant :

— Elle fera tout ce que vous voudrez.

J'écoutai ces paroles sans un soupir, sans une larme. Quelques instants je marchai dans le jardin, puis je revins m'asseoir sur le banc.

La pluie tombait toujours. J'ignore combien de temps dura mon état d'atonie et d'insensibilité ; mais peu à peu mes idées se rétablirent avec ordre dans mon cerveau, et le froid qui pénétrait mes vêtements trempés me réveilla par une pénible sensation.

Je remontai dans ma chambre ; là, je repassai l'une après l'autre les phases de notre entretien ; mais lorsque j'arrivai à ces mots : « Épousez M. Dévallet », la respiration me manqua et j'eus à peine le courage de m'étendre sur mon lit.

L'âme ne soutenait plus le corps !

Pauvre âme, elle fléchissait sous le poids des souffrances !

CHAPITRE HUITIÈME

Dans les grandes douleurs de la vie, les pleurs et le sommeil sont les dons que Dieu nous accorde afin de soulager nos souffrances; encore une fois j'en revins aux larmes et bientôt je m'endormis.

Il n'y avait pas une heure que je reposais, lorsque je fus éveillée par la voix flûtée de ma tante qui m'appelait pour dîner.

— Dans un quart d'heure, répondis-je.

Et promptement je me levai. Je courus me regarder dans la glace : mes yeux n'étaient ni gonflés, ni rouges ; au contraire, j'avais les pupilles dilatées et brûlantes; mon teint était animé comme celui des gens qui ont la fièvre.

Je pris une robe, mais je la mis avec tant de précipitation qu'elle se déchira. Alors, l'ayant retirée, je la jetai sur une chaise; puis j'ouvris mes armoires, ma commode, je bousculai tout pour en chercher une seconde.

Au milieu de ce désordre, j'étais dans une surexcitation telle que je parlais à haute voix, m'emportant contre les objets qui me tombaient sous la main, comme s'ils avaient été la cause de ma colère. Les phrases incohérentes qui s'échappaient de ma bouche étaient entrecoupées d'exclamations. Tour à tour je parlais d'André, de ses raisonnements, de mon amour aveugle, et enfin de ma résolution de paraître indifférente après le coup terrible qui venait de me frapper.

Afin d'apaiser mes nerfs, j'ouvris la fenêtre; l'air froid et humide me glaça les épaules, car j'étais en corsage, mais me calma; je pus m'habiller et je descendis dans la salle à manger. Justement, ce soir-là, M. Dévallet dînait à la maison.

— Enfin, s'écria mon père en me tendant les bras, la voilà !... Tiens, regarde ce bon Dévallet qui l'offre un panier de ces pommes magnifiques, ajouta-t-il en me montrant une corbeille remplie de fruits.

— Des pommes d'api! dis-je distraitement en me tournant vers M. Dévallet, qui rougissait de joie; merci.

Cet excellent homme ne manquait jamais de m'apporter chaque jour quelque friandise ou un cadeau quelconque.

— Eh bien! tu ne les trouves pas belles? reprit mon père, à qui mes remerciements avaient semblé un peu brefs.

— Si, si, très belles !

— Mon Dieu ! mademoiselle, c'est bien peu de chose, dit M. Dévallet, et auprès de vous, ces fruits perdent leur beauté; votre teint fait oublier leur couleur.

J'éclatai de rire, comme si j'eusse trouvé ce compliment spirituel; en réalité, j'avais envie de jeter par la fenêtre la corbeille, le donataire, ma tante et moi après.

Pendant le repas, ce fut entre M. Dévallet et moi un échange de bons mots et de reparties plus bêtes les unes que les autres. Jamais cet

homme n'avait été si radieux! Je daignais plai-
santer avec lui.

— Comme Myrtille est gaie ce soir! disait
mon père rayonnant de joie.

Ma tante, elle, ne se méprenait pas sur cette
hilarité extraordinaire et elle gardait le silence.
Quant à moi, je parlais de mille choses à tort
et à travers et, chaque fois que M. Dévallet
remplissait mon verre de vin blanc, je le vidais
d'un trait.

— Tu bois beaucoup, mon enfant, objecta
mon père ; tu n'y es pas habituée, cela pourrait
te faire mal.

— Oh! du vin ! fis-je étonnée.

— N'ayez pas peur, répliqua M. Dévallet, le
bon vin n'est jamais nuisible à la santé.

Et de nouveau je tendis mon verre, car le souvenir des dernières paroles que m'avait dites
André traversait mon esprit, et pour le chasser
j'aurais demandé du poison; mais, pendant que
M. Dévallet me versait l'oubli, je fixai un regard
sombre sur la table et je murmurai à demi-
voix ce mot : « Déconsidérée ».

— Qui est-ce qui est déconsidérée? inter-

rogea mon échanson en relevant la tête et en
ouvrant démesurément ses yeux gris...

Je devins pourpre ; il me sembla que tout le
monde avait lu au fond de mon cœur.

— Qui donc a parlé d'être déconsidérée?
On a dit que j'étais déconsidérée? balbutiai-je.

— Mais, c'est vous, mademoiselle, qui avez
dit cela, avança timidement M. Dévallet, qui
n'y comprenait rien.

— J'ai dit cela, moi!... Ah ! oui! j'ai dit que
je serais déconsidérée si l'on me voyait boire
ainsi.

Cette explication parut satisfaire M. Dévallet,
qui se mit à rire de toutes ses forces. Mon père
me regarda avec attention.

— Myrtille, mon enfant, dit Mme Françoise,
tu es un peu nerveuse ce soir : va te reposer.

— Je ne suis pas nerveuse du tout; au contraire, je suis très gaie et très calme. Je me
sens très bien.

— On ne le supposerait pas, observa mon
père ; voilà trois fois que tu fais emporter ton
assiette sans avoir touché au plat.

— Je n'ai pas faim... C'est peut-être le vin

qui me fait mal; ma tante a raison, je vais me coucher.

Je me levai aussitôt, et, après avoir embrassé M. Hérimières, Mme Françoise, et avoir salué notre convive, je montai dans ma chambre.

Depuis cet instant, j'ignore ce qui est arrivé. Seulement, un jour, en ouvrant les paupières, j'ai vu au pied du lit mon père qui étouffait ses sanglots.

Voir pleurer un homme m'a toujours émue ; les larmes qui coulent sur un visage viril ne sont pas, comme celles des femmes, le témoignage d'un caprice ou d'une maussaderie : ce sont des larmes vraies; les hommes ne pleurent pas pour se rendre jolis. La belle tête penchée de mon pauvre père et ses tristes yeux qui laissaient tomber de longs pleurs sur sa barbe blanche me firent pitié.

— C'est moi qui suis la cause de son désespoir, pensai-je. Égoïste et ingrate, je l'ai payé de tant de soucis et de tendresse en le faisant vieillir dans le chagrin. Non, il a trop souffert pour moi; il a été trop longtemps le jouet et la

victime de mes fantaisies : je ne mérite point
d'être autant aimée. Dieu a raison de vouloir
me rappeler à lui..... Mais mon cher père, que
deviendra-t-il, que lui restera-t-il sur la terre,
quand je n'y serai plus?... Je dois vivre, je dois
me consacrer à sa vieillesse et lui donner
quelques années de bonheur. Pour le rendre
heureux je ferai le sacrifice de mon cœur!

J'avais eu une fluxion de poitrine ; les mé-
decins n'osaient pas encore répondre de me
sauver. Après avoir été en proie à un délire
affreux, paraît-il, j'avais passé plusieurs jours
entre la vie et la mort; je commençais seulement à entrer en convalescence. Maintenant,
moi, je voulais guérir...

La volonté est presque toute-puissante.

Au bout d'un mois, j'essayais de me lever et
de me promener dans les appartements, appuyée d'un côté sur mon père et de l'autre sur
le bras de M. Dévallet, qui, avec une affection
et un dévouement admirables, avait aidé à me
soigner.

Mes forces se rétablissaient lentement, et
c'était avec une sorte d'amertume que je voyais

la santé revenir, puisqu'elle ne devait me servir qu'à accomplir le sacrifice que j'avais prémédité. N'importe, je l'avais juré... cela devait être !

Un jour, j'étais assise dans un fauteuil devant la fenêtre ; mon père lisait à haute voix un roman auquel je ne prêtais pas la moindre attention ; j'avais en tête un plan et je méditais sur le moyen de le mettre à exécution. Soudain j'interrompis la lecture.

— Père, dis-je, veux-tu que nous causions un moment ?

A cette question, M. Hérimières releva la tête, ferma le livre et, se rapprochant de moi :

— Parle, répondit-il.

— As-tu remarqué combien ce bon M. Dévallet a de cœur ?... M'a-t-il bien soignée pendant ma maladie ?

— Certainement, cela ne m'a pas étonné ; celui-là, c'est un ami sur lequel on peut compter ; aussi, de tous les hommes que je connais, c'est lui que j'aime et que j'estime le plus.

— Vraiment ? interrogeai-je en regardant mon père. Et que dirais-tu si je voulais l'épouser ?

A cette brusque déclaration, M. Hérimières eut un mouvement de surprise.

— Ce que je dirais?... balbutia-t-il. Mais, je ne sais... Quelle idée!... Pourquoi me demandes-tu cela?

— Réponds à ma question, c'est tout ce que je veux.

— Mon Dieu... oui, j'aime beaucoup Dévallet ; mais...

— Mais quoi?

— Ne parlons plus de cela, mon enfant; je vais continuer la lecture de ce roman.

— Non pas, non pas, répliquai-je ; je tiens à savoir si tu serais content de me voir mariée à M. Dévallet.

— Est-ce que je puis le dire? Tu me demandes cela à l'improviste... Enfin... peut-être oui, serait-ce avec plaisir... Cependant...

— Explique-toi...

— Tu ne peux songer à l'épouser!

— Pourquoi donc?

— Mais... parce que...

— Voyons... parle plus clairement...

— Enfin... tu en aimes un autre... tu aimes

André, dit assez violemment mon père, après avoir fait effort sur lui-même.

A ce nom ainsi lancé, j'eus une palpitation et je pâlis; toutefois je répondis avec froideur :

— Je n'aime nullement M. de Laval; il m'a plu, je ne dis pas le contraire, comme un jeune homme aimable plaît aux jeunes filles; mais je n'ai jamais eu d'affection sérieuse pour lui, je ne l'accepterais pas pour mari. Et j'ajoutai intérieurement : Je le hais trop pour cela.

— Bien vrai ! tu n'as jamais aimé André ? Pourtant, c'est un garçon charmant, raisonnable...

— Trop raisonnable, interrompis-je, en appuyant sur les mots. Non, je n'ai jamais aimé M. de Laval, et la meilleure preuve, c'est que je veux épouser ce bon Dévallet.

Le courage et la force qu'il me fallut pour prononcer sans trembler ce mensonge, Dieu seul le sait...

— Mon enfant, reprit mon père, as-tu bien réfléchi à ce que tu viens de me dire?... On ne prend pas une semblable décision en un jour.

— J'ai tout réfléchi et je n'attends que ton consentement.

— Eh bien ! ma chérie, rien ne peut me faire un plus vif plaisir, s'écria mon père en me serrant avec effusion dans ses bras. Mon consentement! Mais c'est un bonheur pour moi que de t'unir à cet excellent homme. Il y a si longtemps que je le connais! Puis il est si honnête, si loyal!... Il t'adulera. J'y avais bien pensé, je te l'avoue confidentiellement ; je m'étais bien aperçu que lui aussi serait très heureux de ce mariage ; il ne cessait de parler de toi, de t'admirer ; en un mot, il était amoureux... Nous autres, les papas, nous savons deviner cela de suite. Je n'osais pas t'en parler. J'ai eu tort, que veux-tu? Je croyais que tu avais une inclination pour André. Ah ! je me suis trompé et je m'en félicite; car, entre nous, André, quoique charmant, n'était pas le parti qui te convenait. Il était trop jeune pour faire un mari, à plus forte raison un père de famille... tandis que Dévallet... O ma chérie! tu ne te doutes pas de la joie que j'éprouve.

Il n'y a pas de douleur plus poignante que

celle d'entendre parler avec insouciance d'une
personne pour laquelle on a éprouvé un
amour secret et profond, et de voir établir une
comparaison entre cet être que l'on a divinisé
et un individu qui vous semble très ordinaire.
C'est une plaie béante que l'on découvre sans
précaution et dans laquelle on retourne un
poignard. J'écoutais mon père parler d'André
et le comparer à M. Dévallet, avec souffrance;
toutefois je gardais le silence...

— Tu vas être encore plus choyée qu'avant,
continua M. Hérimières. Veux-tu que j'aille
lui annoncer cette bonne nouvelle?

— Non, non! pas encore. Ne lui parle de ma
décision que lorsque je serai complètement rétablie...

Quinze jours après, mon mariage était
décidé... J'obéissais aux ordres d'André...

M. Dévallet, redoublant d'attentions et de
prévenances, se crut obligé de me faire de
nombreux cadeaux; constamment il s'occupait
et se préoccupait de ce qui pouvait m'être
agréable; aussi était-il désolé de voir combien
ses présents me laissaient indifférente. Il cou-

rait partout faire une foule de commandes :
robes, bijoux, meubles, bibelots précieux, il
entassait tout à Bellevue ; mais il n'obtenait
que des remerciements et s'apercevait que
l'offre de ces richesses n'était pas le moyen de
le faire aimer de sa fiancée.

Loin de taquiner ce brave homme et de me
moquer de lui comme autrefois en le voyant
se démener avec tant de générosité et de bonté,
j'en arrivais à éprouver pour lui une sorte d'a-
mitié compatissante... Ce sentiment était bien
éloigné de l'amour !...

— Pourquoi, me disais-je quelquefois avec
tristesse, pourquoi ne puis-je aimer cet homme
que j'estime, dont j'apprécie les qualités et qui
m'adore, tandis que je ne parviens pas à
chasser de mon cœur le souvenir de ce froid
philosophe qui m'a si raisonnablement dédaignée?

De son côté, M. Dévallet faisait ses confi-
dences à madame Françoise :

— Je crains, disait-il, que Myrtille ne me
trouve ni assez jeune, ni assez élégant.

Ma tante se hâtait de le rassurer et lui affirmait que, s'il n'était pas de la première jeunesse, il n'en était pas moins un fort bel homme et très vert, ajoutait-elle avec un sourire malin.

Le malheureux, qui ne demandait qu'à se laisser convaincre, revenait le soir tout parfumé, portant une cravate aux couleurs criardes, s'étant imposé l'atroce supplice de mettre des bottines vernies trop étroites et une redingote boutonnée jusqu'au col, dans laquelle on aurait cru qu'il allait éclater. Sa gaucherie et son air emprunté me faisaient pitié.

Un soir il m'apporta un magnifique bracelet. Le fond, en or rouge avec des fleurs ciselées, était garni de chaque côté d'une torsade de feuilles de laurier en or jaune; sur le milieu du bijou paraissait, comme un fruit pendant à une branche, une grosse perle fine. En me l'offrant, ce pauvre Dévallet essaya de tourner un galant compliment. Je l'arrêtai et, lui tendant la main :

— Mon cher ami, dis-je, vous êtes le meilleur des hommes, vous ne cherchez qu'à m'être agréable, je vous en suis profondément reconnaissante; mais vous vous trompez dans la manière de faire. Je ne voudrais pas vous froisser; pourtant, je vous avouerai que les cadeaux dont vous m'accablez à l'occasion de notre mariage ne me procurent pas la moindre satisfaction. Ce n'est point là pour moi une preuve de l'affection que vous me portez. Je ne suis ni une enfant, ni une femme frivole, et ces perles, ces diamants ne sont pas ce qui me cause du plaisir.

Tout confus, l'infortuné Dévallet baissa la tête : je me rendis compte que, peut-être, je venais de lui causer du chagrin; afin de réparer le mal, je repris :

— Que cela ne vous affecte pas, mon ami; surtout ne me gardez pas rancune, j'en serais vivement contrariée... Désormais, quand vous aurez l'intention de me donner quelque chose, faites une aumône à mes pauvres; je préfère cela.

En vain, M. Dévallet se défendit-il en opposant qu'une chose n'empêchait pas l'autre, que tous les futurs agissaient de la sorte avec leurs fiancées et que j'allais le jeter dans un cruel embarras en lui enlevant la permission d'offrir ces bagatelles.

— Non, insistai-je avec fermeté; si vous n'accédiez pas à mon désir, cela signifierait que vous avez une piètre opinion de mon caractère, car ce serait me soupçonner d'avoir dit le contraire de ma pensée et d'avoir voulu aujourd'hui vous demander de ne rien m'offrir pour la forme.

— Puisque vous l'exigez, je me conformerai à vos volontés, dit M. Dévallet d'un air contrit.

Et avec des yeux suppliants il continua :

— De grâce, permettez-moi au moins de vous apporter des fleurs !

— Des fleurs, soit ; mais pas de fleurs des champs !

Et dans ma pensée j'ajoutai :

— Celles-là, je veux que ce soit *lui* seul qui m'en ait donné.

CHAPITRE NEUVIÈME

C'est demain le jour fixé. Demain je serai mariée...

Demain, je n'aurai plus le droit d'avoir une volonté, une pensée, un soupir, un regret à moi.

Où puiserai-je le courage nécessaire pour consommer ce sacrifice! Sera-ce en regardant la figure rayonnante de joie de mon bon père? Sera-ce à la pensée que je pourrai entourer sa vieillesse de soins et que je ne me séparerai plus de lui? Sera-ce en songeant que j'obéis aux ordres d'André?...

Il me semble déjà qu'autour de moi tout est changé. D'un mot, d'un seul, demain je

vais fermer la barrière de l'avenir, sans savoir
ce qu'il me réservait. Que sera cette nouvelle
vie ?

Déjà on m'a proposé de faire un voyage de
noces : j'ai refusé. Voyager, c'est bon pour les
gens qui s'aiment ; quant à moi, pour qui l'a-
mour n'a plus que des souvenirs, c'est inutile.

J'ai toujours vécu dans cette maison, au
milieu de ces vieux meubles... Ils m'ont vue
naître, grandir, aimer, souffrir ; je ne m'en
séparerai pas. S'il fallait me trouver seule avec
M. Dévallet dans un pays où je ne rencontre-
rais que des visages inconnus, j'en mourrais.

Ah ! je voudrais qu'André fût là demain,
pour qu'il vît combien je suis courageuse... On
lui a envoyé une lettre l'invitant à la messe ;
peut-être viendra-t-il ?

Pendant les quelques jours de liberté qui me
restaient, j'ai voulu écrire l'histoire de ma vie.
J'ai tâché d'être juste et franche avec moi-
même. Je n'ai pas déguisé mes torts ; il me
semble que je n'ai pas non plus exagéré mes
malheurs. Qui sait ? Si on les connaissait aujourd'hui, on rirait avec incrédulité, on les

traiterait d'enfantillages, et même on s'étonnerait que, maintenant, j'eusse l'audace de me plaindre. Hélas! les calamités qui nous accablent n'impriment pas sur nos jeunes fronts le sceau de l'infortune!

Et demain, quand, vêtue de ma belle robe blanche et enveloppée du voile des vierges, je monterai au bras de mon père les marches de l'église de Valnix, chacun dira en me voyant passer : « Est-elle heureuse, mademoiselle Myrtille!... »

Heureuse comme la brebis qui, sur l'autel, les pieds liés, attend d'être immolée!

Jeudi, 28 février.

Tout est terminé, et André n'est pas venu : je l'ai vainement cherché parmi les assistants.

Une fois cet exécrable « Oui » prononcé, je croyais avoir subi tout mon martyre. Insensée! A peine ai-je fait un pas dans cette route maudite que mille fantômes hideux m'apparaissent et m'effrayent.

A notre retour de l'église, tout à l'heure, pendant que j'enlevais mon voile, mon père

m'a rejointe dans ma chambre. Pauvre père !
Il n'avait plus l'air gai de ce matin; il était
inquiet, troublé. Enfin, il m'a prise dans ses
bras et, après m'avoir tendrement embrassée :

— Ma chère Myrtille, m'a-t-il dit, j'ignore
ce que tu sais du mariage : mais, au moment
où bientôt tu vas rester seule avec ton mari,
il est de mon devoir de te rappeler, sans te dé-
voiler les saints mystères de la vie conjugale,
que la femme doit à l'époux une obéissance
absolue, tu entends bien? et qu'elle lui appartient corps et âme. Dieu et les hommes le
veulent ainsi; ne résiste donc pas aux volontés de celui que tu as choisi pour compagnon et n'oublie pas enfin que, si quelquefois
on sème dans les larmes, bientôt on récolte
dans la joie. Voilà, chère enfant, mes dernières recommandations !

Là-dessus, il m'a embrassée de nouveau et
il a quitté la chambre.

— La femme doit à son mari une obéissance
absolue, elle lui appartient corps et âme !...
C'est bien cela que m'a dit mon père; je n'y
avais pas encore pensé. Mon corps! cet

homme pourra le prendre, puisqu'il est mon mari; mais mon âme, n'est-elle pas déjà donnée à un autre?

Vendredi, 1er mars, onze heures et demie du matin.

Quelle nuit ! Je me la rappellerai éternellement !

Hier, lorsqu'on se mit à table, j'étais encore sous l'impression de ce que m'avait dit mon père. Le repas de noces, servi par Potel et Chabot, eut lieu dans le salon : il fut splendide ; mais j'étais tellement anxieuse, que je touchais difficilement à certains plats pour feindre de manger. Pendant que durèrent ces agapes, c'est à peine si j'échangeai quelques mots avec M. Hérimières et Mme Dalant, qui observèrent un silence à peu près identique. Seul, M. Dévallet, la mine réjouie, eut une conversation aussi bruyante que banale avec les invités, dont la plus grande partie semblaient paralysés par une sorte de gêne.

De temps à autre, après une de ces lourdes plaisanteries qui révèlent de suite le paysan, on entendait un gros éclat de rire : c'était

M. Dévallet qui donnait libre expansion à sa gaîté.

Dans ces moments-là, ma tante levait la tête et le regardait fixement de ses petits yeux gris. Elle avait l'air de lui dire : « Mais soyez plus convenable ; vous ne comprenez donc pas que nous sommes tristes et que Myrtille est émue ? Vos rires sont indécents. »

Malheureusement ce langage muet ne produisait aucun effet sur M. Dévallet, qui continuait à causer, cherchant toujours l'occasion de provoquer l'hilarité chez les convives.

Enfin, on prit le café ; puis, comme j'avais désiré qu'on ne dansât pas, les invités se retirèrent peu à peu. Avant que les derniers ne fussent partis, ma tante s'approcha de moi et me demanda si je ne voulais pas aller me reposer.

— Comme tu voudras, répondis-je.

Du regard, je cherchai mon père, pour lui dire bonsoir, mais il avait disparu ; Mᵐᵉ Dalant m'entraîna ; je la suivis, comme une machine.

Il avait été décidé que nous continuerions à habiter Bellevue en famille, mais que, pendant les premiers jours de notre mariage, *pendant la lune de miel,* M. Hérimières et Mme Dalant feraient ensemble un voyage à Paris, pour y chercher de nombreux objets que nous y avions laissés et pour y faire différentes acquisitions.

Toute l'aile droite de la propriété avait été remise à neuf et aménagée pour devenir nos appartements.

Ce fut donc dans une nouvelle chambre que ma tante me conduisit. Cette pièce, très spacieuse, était entièrement tendue d'étoffe bleu-marine. Au centre était un lit immense en poirier noirci, surmonté d'un large baldaquin doublé de soie et garni de peluche également bleu-marine. En guise de couvre-pieds, s'étalait une magnifique fourrure de martre zibeline qui couvrait complètement le lit, au bas duquel gisait l'épaisse dépouille d'un ours blanc. Sur la cheminée, à côté de la pendule et des candélabres en bronze doré, étaient placées deux coupes en onyx, merveilles de l'art ; quant à l'ameublement, on devine, à en juger par cela, ce qu'il devait être.

Je ne fis aucune attention à toutes ces richesses. Ma tante dégrafa ma robe ; inerte et immobile, je me laissai déshabiller. Lorsque je fus en chemise et que mes deux longues nattes, dénouées, tombèrent sur mon dos, j'eus un frisson ; cependant il y avait grand feu dans la cheminée et la température était chaude. Après quelques secondes d'hésitation, je me glissai dans ce lit immense : il était glacé. Déjà mes pieds et mes mains étaient engourdis par le froid ; je me mis à grelotter, mes dents claquèrent.

Mme Dalant s'approcha ; elle se pencha vers l'oreiller et, tandis que deux larmes coulaient silencieusement sur ses joues ridées, elle souleva ma tête, m'embrassa... m'embrassa encore.

— Bonsoir, mignonne, dit-elle, bonsoir ; et, me quittant brusquement, elle s'enfuit.

Une fois seule, je repliai les genoux contre ma poitrine et, me rapetissant autant qu'il était en mon pouvoir, je me blottis dans la ruelle après avoir caché mon visage sous la couverture, de même qu'une autruche qui cache sa tête dans le sable au moment du danger. Haletante, la main sur mon cœur, qui battait avec une violence à rompre ses vais-seaux, en proie à une espèce d'étourdissement, j'attendis.

Un instant, je repoussai l'épaisse fourrure pour dégager ma tête, je jetai un coup d'œil rapide dans la pièce, puis, m'appuyant sur la paume des mains, je me redressai; mon buste entier émergea du lit... Je restai dans cette position, écoutant les moindres bruits; les bougies allumées faisaient par leur vacillement projeter aux meubles des ombres tremblantes sur les murs; de temps à autre un léger cra-quement se produisait; terrifiée, je prêtais l'oreille, mais le silence effrayant revenait aussitôt. Enfin, tout à coup, j'entendis des pas lourds sous lesquels le plancher de la pièce voisine gémissait. Il n'y avait plus de doute : c'était M. Dévallet, c'était mon mari !

Vivement, je me rejetai sous la couverture et je fermai les yeux. Le bouton de la porte tourna lentement. M. Dévallet entra. Je tres-saillis.

Il s'approcha du lit :

— Tiens! Elle dort déjà! murmura-t-il. Ah!
Elle devait être fatiguée.

Et il recula vers la cheminée. Je l'entendis
distinctement poser ses bagues et sa montre
dans les coupes, tousser légèrement; j'entendis
encore des froissements d'habits jetés sur un
fauteuil, puis un *ouf* de satisfaction qu'il laissa
échapper quand il eut enlevé ses bottines.
Alors, j'entr'ouvris les paupières.

Enveloppé dans une grande chemise, M. Dévallet était là, les doigts croisés sur son gros
ventre. Il souriait en me considérant.

Enfin, il releva le drap avec précaution et
pénétra à mes côtés; sous le poids de ce corps,
les matelas s'affaissèrent. Je poussai un cri
d'effroi, puis je reculai vers le mur, honteuse
d'être couchée auprès de cet homme.

— Myrtille, dit-il, je vous réveille?

Et soudain, passant autour de ma taille son
bras droit, il m'enlaça, tandis que de sa main
gauche il cherchait ma poitrine qu'il caressa
avec d'odieuses pressions; en même temps il
essayait de saisir ma cuisse entre ses jambes
dont je sentais la peau rugueuse.

Bouleversée par ces attouchements brutaux, perdue, affolée, j'allais crier, lorsque je me souvins des paroles de mon père :

— C'est ton mari ; tu lui appartiens corps et âme.

J'étouffai mes sanglots, il me sembla que j'étais une prostituée. Mais n'avais-je pas juré de me sacrifier? Tant pis, si maintenant ce M. Dévallet, que j'avais toujours vu boutonné dans sa redingote, me faisait horreur, et si j'éprouvais pour lui l'aversion que l'on a pour un être hideux et terrible. Il fallait me résigner... Je fermai les yeux. Longtemps, cet homme promena sa main errante sur mon corps ; raidie par la volonté du désespoir, je ne bougeai pas.

— Oh ! Myrtille, dit-il tout à coup, ma chérie, si vous saviez comme je vous aime !

Et il m'embrassa sur le cou d'un baiser bruyant qui laissa la place mouillée de salive.

C'en était trop, j'eus un soubresaut ; je me jetai en arrière en ouvrant les yeux. M. Dévallet, les joues empourprées, l'œil injecté de sang, les veines du cou gonflées, me regardait

d'un air surpris; son haleine, exhalant encore
les odeurs du vin, m'arrivait sur le visage.

Souverainement dégoûtée, je ne vis qu'une
chose, c'est que j'allais devenir la proie de
cette bête ignoble qu'on appelle l'homme! Ah!
comme j'étais loin du chaste baiser des époux
tel que je l'avais rêvé!...

J'eus envie de me sauver et de m'enfermer
dans une chambre; hélas! c'était impossible.
Je tentai d'user de ruse.

— Oh! dis-je, je vous en prie, laissez-moi
dormir; je suis si fatiguée!

— Comment, déjà! Soyez à moi avant, répondit-il en me saisissant de nouveau et me
rejetant avec brusquerie au milieu du lit.

— Oh! non, non, pas ce soir, m'écriai-je
avec épouvante; laissez-moi! Et je le repous-
sais violemment, mais il tâcha de me maîtriser.

Le lit craqua sous nos efforts inverses; enfin,
il s'affaissa sur moi de tout son poids; réduite
à l'impuissance, suffoquée, je répétais d'une
voix sourde:

— Non! non, grâce!

Mais la brute ne m'écoutait pas; j'allais être

vaincue, lorsque la rage me rendit l'énergie. N'ayant plus les bras libres, je saisis, avec les dents, l'épaule de M. Dévallet et je le mordis profondément.

Il laissa échapper un cri de douleur. Effrayé, il cessa de m'étreindre. Sans perdre une seconde je profitai de sa stupeur pour sauter à bas du lit. Un instant de silence se produisit pendant lequel, réciproquement, nous nous considérâmes. Moi, droite, pâle, les cheveux dénoués, j'étais au milieu de la chambre comme un fantôme ; M. Dévallet, agenouillé sur le lit, la chemise déchirée, l'épaule nue et saignante, soufflait, semblable à un taureau après la lutte. C'eût été comique, si ce n'eût point été horrible.

— Myrtille, dit-il doucement, n'ayez pas peur, je ne vous ferai rien. J'ai été un imbécile ; je vous en demande pardon. Je ne veux pas que vous me haïssiez ; je suis votre mari et je vous aime !

— Il fallait me le prouver en me permettant de dormir, répondis-je d'une voix sèche.

— Eh bien ! vous avez raison, dormons !

Pour cesser cet entretien qui devait lui paraître difficile, il se recoucha, tourna le dos et replia son coude, sans oser me convier à venir reprendre ma place auprès de lui.

Je gagnai un fauteuil; mais, malgré le feu qui brûlait encore, le froid me rappela que j'étais presque nue. Je cherchais le moyen de me réchauffer, lorsque j'aperçus, sur un divan, la toilette qu'on m'avait préparée pour le lendemain; j'eus l'idée de m'habiller. Bientôt un ronflement sonore m'apprit que M. Dévallet était endormi. Je mis mon projet à exécution; puis je retournai auprès de la cheminée, où je m'occupai à tisonner. Toute la nuit, livrée à mes pensées, je songeai à cet avenir que, récemment, je caressais en imagination et qui m'apparaissait alors si amer et si triste; désolée, le regard perdu, je demeurai plongée dans mes désillusions, si différentes du bonheur que j'avais entrevu avec André!

L'aube parut. J'éteignis les bougies; un clair obscur régna dans la pièce, et les objets, à demi enfouis dans l'ombre, se montrèrent confus et indistincts; la respiration, entrecoupée de ronflements, de M. Dévallet m'avertissait que je n'étais pas à veiller un mort. Bientôt les blancs rayons du soleil glissèrent entre les lames des persiennes et, perçant les épais rideaux, vinrent illuminer la chambre. A la vue de cette brillante aurore, je fus heureuse; il me sembla que je n'étais plus si seule et que l'astre béni venait me consoler, me tenir compagnie et me dire :

— Non, enfant, ne pleure pas : il y a encore des beaux jours pour toi. Vois, ne suis-je pas ton ami?

Anéantie, brisée par les émotions, je m'abandonnai involontairement à la somnolence. La sonnerie de neuf heures m'éveilla; je tournai lentement mon regard vers M. Dévallet. Il dormait toujours. Je ne pouvais le croire : comment pouvait-il dormir si bien et si longtemps, après ce qui s'était passé entre nous? Indignée et agacée, je toussai.

M. Dévallet eut un grognement; il étendit les bras, ouvrit les yeux et chercha un instant autour de lui, comme un homme ivre qui s'éveille sans savoir où il est; les paupières bouf-

fies, le visage livide, le front caché sous sa che-
velure hirsute, il sourit avec une expression
bête et me dit :

— Ah! vous êtes déjà levée et habillée?

— Oui; ne vous souvenez-vous pas que mon
père et ma tante doivent partir pour Paris par
le train de midi?

— C'est vrai, je l'avais oublié, ma chère petite femme.

« Ma chère petite femme! » J'entends encore
ces mots résonner à mon oreille.

Vendredi, 1er mars, trois heures.

Non! je ne pourrai pas continuer cette existence. Tant que j'ai été libre, j'ai lutté; à présent que je suis irrévocablement liée, je
n'aurai plus la force de souffrir. D'abord une
seule pensée m'absorbe, une unique image
me poursuit : André! Je l'aime! oui, je l'aime
avec passion, avec frénésie! J'ai menti lorsque
j'ai abjuré mon amour. Oh! je me repens, j'ai
honte de ce parjure; j'ai voulu devenir héroïne
et je ne suis que criminelle; car je t'aime,
André, aujourd'hui plus que jamais! Si c'eût

été toi, cette nuit, comme je me serais jetée
dans tes bras, comme je me serais donnée avec
délice! Tu aurais été si doux, si bon! Je me
serais endormie en cachant mon visage contre
ton cou, et tu aurais veillé sur mon sommeil,
toi, car tes baisers eussent été des baisers de
frère, et lorsque le soleil aurait éclairé nos
fronts radieux de bonheur, c'est moi qui, pal-
pitante d'amour, t'aurais dit : « Je suis à toi,
sois mon époux! »

Non, non! j'ai écrasé mon cœur, mais tu
possèdes mon âme! Je t'appartiens, et je n'ap-
partiendrai jamais à un autre.

Maintenant, me voilà seule, abandonnée à
celui qui a acquis le droit de tout exiger de
moi. Que vais-je devenir?

La nuit prochaine, il va renouveler ses ten-
tatives abominables, et il faudra que je subisse
les outrages de ses caresses. C'est impossible;
cela ne sera pas, je ne le veux point. Il ne me
reste qu'un moyen; il faut fuir...

Samedi, 2 mars, midi.

Je suis transie de froid... ma main tremble

et je peux à peine tenir mon crayon. J'ai quitté
la maison depuis hier; jusqu'à présent, j'ai
erré dans la montagne, marchant devant
moi au hasard; ayant abandonné les chemins
battus pour pénétrer dans les broussailles, je
me suis meurtri les pieds et écorché les mains
aux pierres et aux ronces; mes vêtements sont
en lambeaux, mon visage est sanglant, mais
je n'éprouve pas de douleur de ces blessures.
Est-ce parce que mon cerveau a été tellement
torturé, qu'il ne peut plus recevoir de sensations? Je ne sais... du reste, peu m'importe.
Puisque Dieu a été sourd à mes prières, c'est
qu'il n'existe pas; ce n'est donc pas à lui que
j'aurai recours, mais à moi, à ma volonté, et,
pour briser cette chaîne horrible du mariage,
il n'y a que la mort.

Je veux mourir; voilà pourquoi, cette nuit,
je suis venue rôder autour de Bellevue. Je ris-
quais de rencontrer des gens à ma recherche;
heureusement, il n'en a rien été, tout était si-
lencieux; la grille était ouverte, je me suis
glissée le long du mur et je suis entrée comme
un voleur. Longtemps je me suis promenée

dans le jardin ; j'ai vu la table de marbre, le
banc de pierre où si souvent je me suis assise
à côté d'André... Je n'aurais pas voulu mourir
sans avoir revu ces souvenirs précieux, cette
maison chérie, sans leur avoir dit un suprême
adieu..... Auprès de ces vieux murs, j'ai re-
passé l'histoire de ma vie ; j'ai pesé, sans un
frémissement et pleine de sang-froid, l'étendue
de mon malheur ; j'ai cherché le remède, je ne
l'ai pas trouvé ; j'ai donc bien le droit de me
donner la mort.

Qu'a-t-elle enfin de si terrible, cette mort?
Pourquoi la craindrais-je, puisqu'elle fait rentrer mon esprit dans le néant et ramène mon
corps à la terre? L'enfant doit-il pleurer
lorsque sa mère l'approche de son sein? Et je
tremblerais, moi, pour retourner dans les
entrailles de la mère de tout !

La mort est plus effrayante pour celui qui
regarde un mourant que pour celui qui meurt.
Elle est le terme de nos maux ; elle nous dé-
robe aux injustices, aux vanités des hommes
et aux persécutions d'un monde corrompu.
Lorsque mon cœur aura cessé de battre, nul

chagrin ne l'opprimera ; lorsque mon œil se
sera fermé pour l'éternité, nulle larme ne le
mouillera. Tout sera fini... L'âme n'est-elle
pas comme l'harmonie d'une harpe, qui se dé-
concerte et disparaît quand les cordes de l'instrument sont détendues ou brisées? Elle s'a-
néantit quand le corps se désorganise.

Suis-je dans le vrai? Ce jour terrestre est-il
sans lendemain? Cette immortalité n'est-elle
réellement qu'une illusion décevante, une
utopie sublime inventée pour le bonheur des
faibles? Ou cette âme qui a pensé, aimé, lutté,
souffert durant toute une vie, garde-t-elle,
après la mort du corps, son existence propre
et séparée? Subsiste-t-elle identique, tandis
que les éléments matériels se dissolvent pour
entrer dans des combinaisons nouvelles?

Si, après quelques pelletées de terre jetées
sur un cadavre, c'en est fait pour jamais, à
quoi bon ce désir de félicité qui ne peut ni se
satisfaire ni se contenter du monde réel? à
quoi bon cet amour infini, cette soif de possession de l'être que l'on adore et que l'on ne
possède jamais ici, comme on le souhaiterait?

La chenille file sa chrysalide, s'y enferme et meurt : mais elle renaît papillon brillant et léger dès les beaux jours du printemps; reptile autrefois, elle se traînait dans la poussière ; maintenant elle vole au milieu des fleurs. Le grain, enfoui dans la boue, s'y développe et devient un épi magnifique. Tout se métamorphose dans le monde, et moi, être de la nature, je serais moins favorisé qu'un grain ou qu'une chenille ! Non, cela ne peut être : l'âme est immortelle, je le sens; plus tard, je retrouverai André, je le reverrai tel que je l'ai aimé. Oh ! j'en suis certaine ; j'ai trop mérité cette joie pour qu'elle me soit refusée. Oui, nous devons revivre dans des conditions de souvenirs telles, que notre destinée puisse s'achever; et tandis que nos os tombent en poussière dans le cercueil, notre gloire, notre talent, notre amour doivent accompagner notre âme.

O mon amour ! accompagne-moi donc dans l'éternité, car je vais mourir sans crainte et sans folie ! Si le Dieu, dont parle André, existe, qu'ai-je à redouter? S'il vient à être mon juge, pourrai-je paraître coupable à ses yeux ? Ne doit-il pas être aussi miséricordieux que juste ? Ne doit-il pas ressembler au berger qui parcourt les rochers pour ramener à son troupeau la brebis égarée ? Quelle pensée indigne de ce Dieu ! Quel être rempli de passion les hommes se sont-ils plu à faire de ce maître des mondes ! Non, il ne peut ressembler aux humains. Si je me tue, il ne m'abandonnera point, il ne me laissera pas retomber dans le néant d'où il m'a tirée ; mais il m'ouvrira le ciel, comme le berger ouvre l'étable à la brebis.

Pardonne-moi, mon pauvre père, pardonne-moi de t'avoir trompé, pardonne-moi de faiblir ! J'ai trop souffert et je n'ai plus de courage.

Me voici sur cette montagne, où j'ai été heureuse ; c'est cet endroit que j'ai choisi pour mourir. Oui, je reviens vers vous, ô fleurs chéries de ce petit rosier ; et cette fois pour toujours. Je suis abattue et désolée ; mais je veux vous voir encore une fois, une seule et dernière fois pour revivre, avec vous,

un instant dans le passé, puis tout oublier...
Vous serez à mon cœur ce qu'est au condamné
la voix du confesseur, lorsqu'il lui parle du
ciel en l'exhortant à bien mourir. Vous dissi-
mulerez à mes yeux le fantôme effroyable, et
la mort me semblera une douce libératrice.

Plantes, verdure que nous avons foulées
ensemble; arbres qui avez abrité nos deux
têtes, laissez-moi vous toucher une dernière
fois. Et vous, mes fleurs, venez, vous allez
périr avec moi...

Que mon dernier soupir soit un soupir
d'amour pour André !

Et son portrait ! Le voilà, il va me suivre, il
mourra avec moi, près du rosier, dans le
précipice. Je préfère l'abîme au poison; je
suis certaine que je ne reviendrai pas. Je vais
m'y jeter courageusement; ce voile de fiancée
me servira de linceul; mes membres seront
déchirés, mes os se briseront sur les pierres,
mon corps né sera plus que lambeaux san-
glants... Ce sera épouvantable ! Ceux qui le
verront pourront dire :

— C'est ainsi qu'était son cœur.

Que la nature semble triste, lorsqu'on doit mourir!... O ma jolie chambre, mon petit lit, mes livres, mes tableaux! Myrtille vous dit adieu, elle vous envoie des baisers; car vous l'avez protégée, secourue pendant son enfance. Maintenant, hélas! vous ne pouvez plus rien pour elle !

Et toi, petit miroir que j'ai apporté par une coquetterie de moribonde, regarde-moi bien et garde l'image de Myrtille, de Myrtille qui part et que tu ne verras plus!...

Que je suis pâle!... Mes cheveux qui flottent au vent me rendent jolie ; je ne les couperai pas... Je suis comme l'enfant qui, couché sur son lit de mort, veut tenir dans ses mains le jouet favori. Pardon, mon père ! J'ai gravé pour vous ce mot sur l'écorce de ce rosier, et je laisse à côté ce tableau, ce miroir et cette cassette qui contient le secret de ma mort. Je veux que toutes ces choses soient remises au curé de Valnix. Du reste, je vais l'écrire pour celui que le hasard amènera ici et qui trouvera ces objets. Enfin, je demande que toutes mes autres œuvres soient brûlées.

,Le soleil brille! Ah! que c'est beau!
Comme je voudrais vivre!...

Adieu, mon pauvre père! Adieu. monde,
ciel, art, nature! Adieu!

Adieu, André!... Je t'aime

CHAPITRE DIXIÈME

Là se terminaient les mémoires.

Une poésie, que sans doute Myrtille avait écrite avant de mourir, se trouvait à côté sur une feuille volante. M. de Farzac la lut.

Je n'ai pas pu mourir sans voir l'endroit ombreux
Où, par hasard, le soir nous allâmes tous deux.
Trouvant sur le chemin une humble violette,
Je lui parlai tout bas... la fleur resta muette!
Je parcourus d'abord les longs sentiers du bois;
Enfin, je vis ce roc, où la première fois
Il posa sur mes yeux un baiser en silence!
Mon cœur battit alors tout plein de violence;
Des souvenirs confus vinrent en mon esprit,
Et des temps éloignés le regret me surprit.
Le vent du nord soufflait à travers les branchages,
La lune se cachait derrière les nuages;
Pourtant je n'entendais ni je ne voyais rien
Et j'étais sur ce roc, où, son bras près du mien

Mon cher André pencha son cou sur mon épaule,
Comme vers l'eau du lac se courbe le grand saule.
Que sont-ils devenus ces doux instants d'amour ?
Pourquoi passer si vite, ô nuits pleines de jour ?
Oh! retracez-moi donc son image adorée :
Arbres qui m'entourez, vous l'avez admirée.
Ces mots charmants, ces pleurs et ce tendre baiser,
Tous ces longs entretiens que l'on a sans causer,
Ces plans pour l'avenir si brillants d'espérances,
Ce présent de bonheur, d'éclat, de jouissances :
Arbres, parlez, pourquoi ne les rendez-vous pas ?
Sol, n'as-tu point gardé l'empreinte de ses pas ?
... Hélas! tout est passé ! mais l'amour vit encore.
Ce soir-là, je l'aimais; maintenant, je l'adore !

MYRTILE.

M. de Farzac, encore tout ému, avait replié
et rassemblé les feuillets épars sur la . le,
lorsque l'abbé, son bréviaire fini, rentra.
S'étant levé, le bibliothécaire courut à lui :

— Ah! la pauvre enfant! dit-il; mais a-t-on
au moins retrouvé son corps? André a-t-il
jamais su ce qu'il y avait eu de cruel dans sa
conduite? Et M. Hérimières, comment a-t-il
supporté la perte de sa fille?

A ces questions simultanées, le curé répondit :

— Puisque vous désirez connaître l'épilogue, monsieur, reprenez votre place, acceptez mon frugal déjeuner; je vais vous le raconter.

M. de Farzac inclina la tête en signe d'acquiescement.

— A la réception de la lettre lui annonçant le mariage de mademoiselle Hérimières avec M. Dévallet, continua le prêtre, André, qui était à Paris, avait de suite pris le train, et il était revenu à Valnix dans l'intention de revoir encore cette jeune fille qu'il adorait. Mais une fois ici, cet homme, quoique doué d'une volonté surhumaine et d'un caractère aussi fort que noble, sentit son énergie faillir; il renonça à cette suprême consolation. De même agissent quelquefois les héros les plus courageux. Pendant toute une campagne ils méditent un plan de bataille dans lequel eux et leurs soldats sont presque certains de trouver la mort, mais qui doit assurer le bonheur de leur pays; pour réaliser ce plan, ils font des prodiges de valeur et de témérité; puis, la veille du combat décisif, soit qu'eux-mêmes regrettent la vie, soit qu'ils frémissent à la pensée qu'ils

vont jeter leurs hommes dans un carnage
assuré, ils hésitent et il leur faut souvent réunir
tout leur sang-froid, leur patriotisme et leur
volonté, pour prendre simplement part à l'action et pour ne point empêcher les autres
d'exécuter ce qu'ils ont préparé.

Suivant un autre ordre d'idées, André était
dans une situation analogue. Il avait demandé,
il avait voulu le mariage de Myrtille avec
M. Dévallet, sachant fort bien que faire marier
cette jeune fille, c'était mettre entre elle et lui
une séparation indestructible; et maintenant
que ce mariage était à la veille de s'accomplir,
soit qu'il pleurât sur ses rêves évanouis, soit
qu'il redoutât l'avenir réservé à Myrtille, il
tremblait et il lui fallait l'empire extraordinaire
qu'il possédait sur lui, pour résister à l'envie
qu'il avait d'aller se jeter aux genoux de la
jeune fille pour la supplier de ne pas se
marier.

On comprend que, dans de telles dispositions d'esprit, il ait assisté à la messe, dissimulé derrière un pilier.

Le jour qui suivit la cérémonie, convaincu

que le livre d'amour était à jamais fermé, et
que Mme Dévallet ne pensait déjà plus à l'existence de Mlle Hérimières, afin de donner libre
cours à sa douleur, André voulut, fantaisie
d'amoureux, retourner seul se promener dans
ces chemins creux ou en corniche où, si fré-
quemment, elle et lui avaient marché ensemble.

Depuis plusieurs heures, absorbé dans ses
tristes pensées et revoyant sans cesse l'image
de la bien-aimée perdue, il vagabondait par le
mont et par la vallée. Il était au milieu d'une
sorte de sentier encaissé entre deux murs de
rocs, où çà et là interceptaient à peu près le
passage, des masses de terre détachées par
les pluies et tombées du flanc de la montagne,
lorsque tout à coup le silence de cette grandiose solitude fut troublé par ces mots, qui
retentirent comme un éclat de foudre : « André !
Je t'aime ! »

L'écho sonore les répéta avec lenteur. Aussitôt on entendit un cri aigu, strident, terrible,
et un bruit sourd comme celui que fait un
corps tombé au fond d'une crevasse ; puis.....

rien..... rien..... Le silence renaquit plus effrayant, plus épouvantable...

André avait tressailli, un frisson avait parcouru tout son corps, et son sang s'était glacé dans ses veines. Cette voix, il avait cru la reconnaître : c'était celle de Myrtille! N'était-il pas la victime d'une hallucination? En réalité avait-on crié? N'était-ce pas son cerveau qui, bouillonnant et exalté, lui avait fait entendre ces paroles magiques prononcées par l'adorée?... Mais ce cri?... ce bruit sourd?... Non, ce n'était pas une illusion : on avait crié! Qui sait? peut-être était-il arrivé un accident à Myrtille; peut-être là tout près, courait-elle un danger?

Ces réflexions, André les fit en moins de dix secondes; puis en quelques bonds il franchit l'espace qui le séparait de la plate-forme d'où il lui avait semblé que la voix partait.

A peine eut-il débouché du chemin que, d'un coup d'œil rapide, il embrassa l'étendue du petit plateau : personne ne s'y trouvait. Il esquissa un sourire amer.

— Allons! dit-il, la violence du chagrin rend fou; c'est indigne d'un homme!

Pourtant il gravit encore une légère montée et arriva sur la plate-forme.

Une rafale s'éleva et tourbillonna avec des gémissements plaintifs ; on eût dit une bande d'anges éplorés qui, à sa vue, auraient pris leur vol et seraient passés près de lui.

Ce coup de vent fit flotter comme une oriflamme un morceau de voile blanc accroché aux ronces qui bordaient le précipice. Surpris, André s'approcha ; il se pencha au-dessus du gouffre. Horreur ! sur les aspérités aiguës du rocher étaient des traces de sang, des lambeaux de vêtements et quelques roses blanches.

A cette vue, une sueur froide envahit l'infortuné jeune homme ; il avait compris l'effroyable vérité : Myrtille était tombée dans l'abîme !

Était-ce accident ou suicide ? Il ne se le demanda pas ; mais, se couchant à terre, il se traîna jusqu'à ce que sa tête fût complètement avancée au-dessus du trou Béant. Alors, plaçant les mains auprès de sa bouche en forme de porte-voix, il cria de toute la force de ses poumons :

— Myrtille! Myrtille, ma bien-aimée! répondez. C'est moi, André; je vais vous chercher. Ma Myrtille chérie, dites-moi que vous vivez! Répondez-moi!

Mais on n'entendit, sous le souffle du vent, que le bruit sec des feuilles mortes roulant à terre les unes contre les autres, le frémissement des arbrisseaux et le choc de petites pierres se détachant du roc et tombant, elles aussi, dans le précipice.

Ce fut tout.

— Mon Dieu! Mon Dieu! Peut-être n'est-elle qu'évanouie. Je ne la vois pas!... Fasse le ciel qu'elle vive! Je vais retourner à Valnix chercher des cordes et du secours!

Se relevant avec précipitation, André allait courir, lorsque ses yeux s'arrêtèrent sur le coffret, le tableau et le miroir posés auprès du rosier sauvage avec un billet portant cette inscription:

« Je me donne la mort volontairement; que celui qui trouvera ces objets les remette à M. le curé de Valnix: c'est ma dernière volonté.

« M. H. »

A la lecture de cette terrible révélation, André poussa une clameur semblable à un rugissement.

— Elle s'est tuée ! répéta-t-il, elle s'est tuée ! Mon père, qu'avez-vous fait en me refusant votre consentement? Sans vous elle vivrait ! Eh bien ! ma Myrtille, puisque nous n'avons pu être unis dans la vie, que la mort nous réunisse !

Et, ayant lancé un regard farouche sur ce gouffre qui semblait l'appeler, André fit un pas en avant.

Depuis une demi-heure, de gros nuages noirs s'étaient amoncelés et un orage menaçait d'éclater.

A ce moment précis où André allait exécuter son fatal projet, un éclair sillonna la nue : aussitôt un coup de tonnerre formidable, grandiose, effrayant, retentit dans la montagne comme une céleste défense faite à ce malheureux; presque au même instant, une pluie diluvienne inonda le sol.

Aux premières gouttes d'eau, André enleva vivement son manteau et en couvrit le tableau, le coffret et le miroir. Dans les plus grandes circonstances on songe souvent aux détails les plus minimes. Puis, tombant à genoux, il murmura :

— Mon Dieu! mon Dieu! pardonnez-moi! Que votre volonté soit faite!... Elle ne croyait point et... je crois... Faites de votre créature ce que vous voudrez.

Ensuite, il enveloppa précieusement les reliques de la pauvre Myrtille et, chancelant comme un homme ivre, la tête nue, il descendit dans la direction du village.

Lorsque André arriva au presbytère, j'étais assis devant mon bureau. Il entra si vivement que j'eus à peine le temps de me lever. Après avoir posé sur la table son léger fardeau, il se précipita dans mes bras et, éclatant en sanglots :

— Ah! mon père! mon père! s'écria-t-il, Dieu m'envoie une trop cruelle épreuve... Myrtille!... Myrtille!...

Il ne put achever, les larmes l'étouffaient.

Étant loin de m'attendre à la fatale nouvelle, je crus que c'était le chagrin de voir Myrtille mariée qui avait mis ce pauvre André dans l'état où il se trouvait. Sa vue m'avait impressionné au point que je ne pus prononcer que ces mots :

— Voyons, mon ami, du courage. Enfin, qu'y a-t-il?

Et dans un doux embrassement je serrais cet enfant qui me faisait pitié. Il redressa la tête, qu'il avait appuyée sur mon épaule.

— Elle... Elle est morte!... murmura-t-il d'une voix étranglée.

— Que dites-vous là, André?

— Elle s'est tuée ! elle s'est jetée dans le précipice! Ceci est pour vous, ajouta-t-il en désignant le paquet : sa dernière volonté était qu'on vous le remît.

S'étant laissé choir dans un fauteuil, il donna un libre cours à sa douleur. J'essayai de le calmer. Il me raconta brièvement comment il avait été amené à faire cette lugubre découverte et répéta que maintenant il voulait à tout prix qu'on descendît dans l'abîme pour reprendre le corps de la suicidée. Je lui démontrai qu'il ne trouverait personne qui voulût tenter cette périlleuse descente.

— Et moi? interrompit-il.

— Quand vous le feriez, répondis-je, votre dévouement ne servirait de rien ; on ne cherche pas un cadavre dans un gouffre ayant plus de cinq cents pieds de profondeur et au fond duquel roule un torrent impétueux qui, croyez-le, a déjà entraîné bien loin le corps de l'infortunée Myrtille.

A cette réplique, André baissa les yeux et se tut. Je dépliai le manteau et je lus la lettre ; j'ouvris aussi la cassette et je parcourus avec rapidité les dernières pages des mémoires qui y étaient renfermés ; ensuite je tendis ces papiers à André : il s'y absorba longtemps. Quand il eut fini, il tourna les yeux vers moi, me posant, pour ainsi dire, une muette interrogation.

Levant la main, du doigt je lui indiquai le ciel :

— Rappelez-vous les paroles du Christ : il lui sera beaucoup pardonné, parce qu'elle a beaucoup aimé.

— C'est bien, répondit-il en se levant ; ma résolution est prise.

Ses yeux s'étaient séchés et son expression
était redevenue calme ; l'énergie avait triomphé
et lui avait rendu une sorte de stoïcisme
qui lui avait permis de prendre une décision.

Après m'avoir serré les deux mains, il me
dit :

— Adieu, monsieur le curé ! Gardez précieusement les souvenirs qu'elle vous a légués et
pensez quelquefois à moi.

Puis il quitta le presbytère.

Une pénible mission me restait : c'était d'annoncer cette mort à M. Hérimières. Vous le
savez, ce fut presque aussitôt le départ de son
père et de sa tante que Myrtille s'enfuit. En
présence de cette subite disparition, M. Dévallet prévint télégraphiquement M. Hérimières, le priant de revenir sans retard, et,
après avoir averti la gendarmerie, il embaucha
des paysans pour rechercher la fugitive.

M. Hérimières et M\ :math:`^{me}` Dalant arrivèrent le
soir même à Bellevue. Vous peindre leur désespoir serait impossible. Ce pauvre père surtout faisait pitié ; il était comme fou ; il courait

de tous côtés, appelant Myrtille d'une voix déchirante. D'abord il se figurait qu'elle était partie avec André :

— Pourquoi, disait-il à haute voix, comme s'il eût parlé à sa fille, ne me l'as-tu pas avoué, à moi, ton père? Que m'importe ce qu'on aurait dit! Ne suis-je pas là pour te suivre, te défendre? Peut-être craignais-tu que je t'ennuyasse par des remontrances ou des larmes? Non, va! je t'aurais suivie sans rien dire, j'aurais caché ma douleur, tu n'aurais même pas lu la honte sur le visage de ton vieux père. Vois-tu, l'amour paternel a tout étouffé dans mon cœur; je me serais déshonoré, j'aurais volé, assassiné pour toi... Et tu es partie?... Partie!... Oh! non, on t'aura enlevée de force; car tu n'aurais pas quitté ton pauvre père. Tu te seras défendue on t'aura entraînée; tu m'auras appelé, et on t'a bâillonnée... On t'aura fait du mal, toi si faible, si douce! O mon Dieu! et je n'étais pas là!

Il passa la nuit avec les autres personnes en recherches infructueuses, et quand l'aube parut :

— Revenons vite à la maison, cria-t-il; Myrtille nous attend !

Il se mit à courir si fort, que l'on eut beaucoup de mal à le suivre. Lorsqu'on arriva à Bellevue, tout à coup il marcha lentement :

— Peut-être, murmura-t-il, qu'en agissant comme à l'ordinaire nous la verrons.

En entrant il aperçut le petit chapeau de sa fille accroché dans le vestibule :

— Elle est là-haut, dit-il, elle vient de rentrer !

Le malheureux monta jusqu'à la chambre de la jeune fille, frappa doucement à la porte, et d'une voix touchante :

— Myrtille, ma chère enfant, c'est moi, je suis arrivé !

Pendant quelques minutes il écouta avec angoisse; personne, naturellement, ne répondit. Alors il entra et, voyant la chambre vide et le petit lit qu'on n'avait pas défait, il se tordit les bras et fit retentir les murs de ses gémissements. Soudain, il descendit l'escalier et se dirigea vers M. Dévallet.

— Qu'avez-vous fait de ma fille ? s'écria-

t-il en fixant sur son ami des regards effrayants.
Je vous l'avais confiée, rendez-la-moi ; je la
veux, entendez-vous ? Vous m'avez volé mon
enfant, vous l'avez tuée; elle ne vous aimait
pas : elle était trop jeune et trop belle pour
vous, elle ne pouvait pas vous aimer. La malheureuse s'est sacrifiée. Si j'avais pu le deviner, je vous aurais dit : « Myrtille vous dé-
teste, vous êtes trop vieux pour elle, elle aime
André ; ainsi n'y pensons plus. » Et elle ne serait
pas partie. Mais je n'ai rien vu, j'ai laissé faire...
Et vous, avec vos quarante-deux ans, vous
n'avez pensé qu'à une chose : à épouser cette
jeune fille, sans vous demander si elle vous
aimait. Ne devait-elle pas vous aimer avec
votre fortune?... Votre fortune ! voilà donc le
grand mot! Votre fortune! c'est cela. Vous
la combliez de cadeaux et vous vous imagi-
niez qu'on peut tout acheter avec de l'or, même
l'amour mystérieux des jeunes filles!... Vous
pensiez vous mirer dans sa beauté et dire aux
autres: « Voyez, j'ai payé l'amour de cette
belle vierge. Ne suis-je pas un homme heureux? » Mensonge et vanité ! Myrtille est

partie, elle a eu raison : vous êtes un misérable!

M. Dévallet ne répondit rien à cet homme que le chagrin égarait; seulement des larmes roulèrent sur ses joues. Alors M. Hérimières lui demanda pardon :

— Je suis injuste, dit-il, je vous accuse à tort; nous nous sommes trompés tous deux : c'est ma faute et non la vôtre. Voyez-vous, les vieillards ne savent pas comprendre les jeunes filles; nous sommes ridicules avec ces anges-là, et nous ne sommes pas dignes de les aimer.

C'est ainsi que ce père infortuné passa la journée, jusqu'au moment où je me décidai à m'acheminer vers Bellevue; il était environ cinq heures.

Je trouvai M. Hérimières dans un abattement profond. Enfermé dans la chambre de sa fille, il tenait à la main le portrait de cette chère petite, et on l'entendait lui parler tout bas. Redoutant qu'un coup aussi violent n'achevât de lui faire perdre la raison, je résolus d'attendre encore avant d'annoncer la catastrophe. J'allais donc m'éloigner, lorsqu'il m'entrevit. Il se précipita aussitôt vers moi, et m'arrêtant d'un geste impérieux :

— Où est Myrtille? demanda-t-il d'une voix vibrante.

Je gardai le silence.

— Où est Myrtille? répéta-t-il en me saisissant le bras avec force. Elle est morte, n'est-pas?

Je courbai la tête.

— Elle s'est tuée? continua-t-il, devinant ce que je voulais taire.

— Les décrets du ciel sont impénétrables et la volonté des hommes est impuissante à les conjurer, répondis-je.

M. Hérimières ne proféra plus une parole, il ne poussa même pas un soupir; dans un calme effrayant, il demeura quelque temps comme pétrifié; ensuite il s'achemina vers sa chambre. Je le suivis.

Là, il prit un bâton, s'enveloppa dans une vaste houppelande et, se retournant vers moi, il dit d'une voix brève :

— Allons voir mon enfant.

— Non, je vous en prie, ne me demandez pas cela.

— Oh! ne craignez rien; j'ai déjà assez souffert et je ne suis pas devenu fou.

— Mais il m'est impossible de vous la montrer... Elle s'est jetée dans le précipice de Valnix.

— Eh bien! allons au précipice : je veux voir l'endroit où elle a posé les pieds pour la dernière fois.

Il me prit la main, nous descendîmes.

Dans le jardin, nous trouvâmes M. Dévallet et plusieurs paysans.

— En route, mes amis! cria M. Hérimières; M. le curé vient de me dire où est morte mon enfant.

— Eh quoi! Mademoiselle est morte? répétèrent de toutes parts ces braves gens.

Comme à cette époque de l'année les jours ne sont pas encore très longs et que la nuit était venue, les hommes allumèrent des branches de sapin dont ils avaient déchiqueté au préalable l'un des bouts, de façon à en faire des torches.

— Partons! s'écrièrent-ils, menez-nous!

M. Hérimières ouvrit la grille et s'élança vers la montagne, suivi de tous les paysans.

C'était un spectacle étrange que de regarder passer sur la route de Valnix ce cortège d'hommes avec ces torches dont la lueur rouge jetait au loin des reflets multicolores et produisait des effets de lumière merveilleux, tantôt à travers la masse noire de la feuillée de sapins, tantôt devant un immense rideau d'arbres verts ; ici sur des éboulements de rochers ressemblant à des cascades immobiles, là sur de l'eau tombant de roc en roc avec un murmure.

Bientôt on eut gravi les premiers mamelons ; alors les torches n'éclairèrent plus des sapins gigantesques, mais des hêtres rabougris, aux formes bizarres ; puis les hêtres disparurent eux-mêmes et on marcha sur une mousse serrée et jaunâtre au milieu des ronces et des genêts, à douze cents mètres au-dessus du niveau de la mer. Enfin on arriva à la plate-forme.

M. Hérimières se dirigea vers le bord du gouffre.

— N'avancez pas! m'écriai-je, n'allez pas faire un nouveau crime!

Et je lui barrai le chemin.

— Ne craignez rien, répondit-il en faisant un détour.

Puis il saisit une torche et, se baissant, il scruta du regard le sol comme s'il eût cherché les traces de la morte. Un moment, il regarda le rosier sauvage au pied duquel étaient quelques branches, brisées sans doute par Myrtille. Le pauvre père les ramassa et les couvrit de baisers; enfin il vit le mot : « Pardon » gravé sur l'écorce de l'arbre; alors, laissant tomber la torche qu'il tenait, il cacha sa tête dans ses mains et pleura abondamment.

Pendant cette triste scène, je remarquai que le morceau de voile blanc, cause de la découverte, n'était plus accroché aux ronces. Le vent l'avait-il emporté? André était-il revenu le prendre? J'ai toujours penché vers cette seconde hypothèse.

— Je ferai bâtir une chapelle en cet endroit, dit M. Dévallet en entraînant son ami, qui se laissa conduire sans résistance.

On reprit les sentiers étroits et tortueux et on revint à Bellevue fort avant dans la nuit.

Quelques mois après, M. Hérimières, dont les forces étaient complètement épuisées, fut obligé de se mettre au lit. Un soir on me fit mander.

— Monsieur le curé, me dit-il d'une voix faible, je vais mourir ; assistez-moi.

Je le confessai : il reçut les sacrements, après quoi il me posa ces questions :

— Je vais revoir Myrtille. Dieu lui a-t-il pardonné ?

— Dieu pardonne toujours à ceux qui ont souffert.

Le moribond parut heureux.

Pendant que je récitais la prière des agonisants, je l'entendais murmurer :

— Pardon, ma fille ! Pardon, Marie !

C'était le souvenir de sa femme qu'il évoquait. Puis, il me parla si bas, si bas que je ne pus distinguer que ces mots :

— Dieu est bon, il m'envoie vers elle.

Ce furent ses dernières paroles. Lorsque Mᵐᵉ Dalant entra, j'avais clos pour l'éternité les yeux de M. Hérimières.

Depuis la mort de Myrtille, on n'a plu vu de roses fleurir sur le rosier de la montagne; il s'est desséché. Mme Dalant, toujours en deuil, habite seule Bellevue; quant à M. Dévallet, encore receveur des contributions, il fera prochainement commencer les travaux de la chapelle où sera porté le cercueil de M. Hérimières.

— Et André, qu'est-il devenu? interrogea M. de Farzac.

— C'est vrai, je l'oubliais. Vous voyez d'ici le monastère, dit l'abbé en montrant du doigt une grande construction blanche : c'est là qu'André s'est retiré.

— Je craignais qu'il ne se fût tué.

— L'homme qui croit en un Créateur sait qu'il n'a pas le droit de disposer de sa vie!

Myrtille, incroyante, s'est tuée par amour pour André.

André, croyant, vit par ses prières pour Myrtille.

M. de Farzac se leva et, ayant serré avec émotion la main du curé de Valnix :

— Un jour j'écrirai cette histoire, dit-il en quittant le presbytère.

Et le vieux bibliothécaire, le front penché vers la terre, s'éloigna par la route des peupliers, laissant derrière lui la montagne perdue dans les vapeurs bleues et le monastère qu'éclairaient les rayons du soleil couchant.

FIN

ÉMILE COLIN — IMPRIMERIE DE LAGNY